PHALENAS

POR

MACHADO DE ASSIS

VARIA. — LYRA CHINEZA.

UMA ODE DE ANACREONTE.

PALLIDA ELVIRA.

RIO DE JANEIRO

B. L. GARNIER, EDITOR, RUA DO OUVIDOR, 69.

PARIS

E. BELHATTE, LIVREIRO, RUA DE L'ABBAYE, 14.

todavia \C ItaúCultural

Machado de Assis

ooooooo

Falenas

Organização e apresentação
Hélio de Seixas Guimarães

ooooooooooooooooooooooooooooooo
Todos os livros de Machado de Assis

7.

Apresentação

17.

Sobre esta edição

23.

∘∘∘∘∘∘∘∘∘∘∘ Falenas ∘∘∘∘∘∘∘∘∘∘∘

191.

Notas sobre o texto

193.

Sugestões de leitura

195.

Índice de poemas

Apresentação

Hélio de Seixas Guimarães

Falenas é o sexto livro e o segundo volume de poemas publicado por Machado de Assis. O título dialoga com o do primeiro, *Crisálidas*, que saíra seis anos antes. Se lá havia a referência ao estado embrionário da borboleta, aqui a encontramos em pleno voo. Mas trata-se neste caso da borboleta noturna, mais especificamente da mariposa. O nome sugere, assim, tanto a maturação do poeta como o tom mais sombrio que marca muitos dos textos aqui reunidos. A palavra-título aparece uma única vez em todo o volume, na estrofe xlv de "Pálida Elvira", poema que fecha o livro:

> Tinha mágoas o moço? A causa delas?
> Nenhuma causa; fantasia apenas;
> O eterno devanear das almas belas,
> Quando as dominam férvidas Camenas;
> Uma ambição de conquistar estrelas,
> Como se colhem lúcidas falenas;
> Um desejo de entrar na eterna lida,
> Um querer mais do que nos cede a vida.

As "lúcidas falenas" condensam a mescla de luz e sombras, realidade e fantasia, que atormenta tanto as personagens como o eu lírico de muitos poemas. Os versos revelam também a ambição de sobreviver à própria vida, atingindo a glória, algo aqui reservado à poesia e aos poetas. Estes seriam os mortais capazes de imortalizar em seus escritos os sentimentos e as paixões em seu estado mais puro, conforme teriam existido quando a humanidade vivia em estado de felicidade e harmonia. Tempos remotos, contrastados pelo poeta com o presente em que escreve e publica seu livro.

Falenas começou a circular no Rio de Janeiro no início de 1870. Sua publicação já estava prevista no contrato firmado em maio de 1869 entre o escritor e o editor B. L. Garnier. Nesse documento, que também incluía *Contos fluminenses*, publicado mais tarde, Machado de Assis vendia a propriedade plena e inteira não só da primeira edição desses livros, como de todas as seguintes. Em setembro do mesmo ano, assinou novo contrato de teor semelhante, incluindo dessa vez *Ressurreição*, *O manuscrito do licenciado Gaspar* e *Histórias da meia-noite*. O escritor comprometia-se a entregar ao editor os textos que de fato corresponderiam a tudo o que Machado de Assis publicou em livro nos quatro anos seguintes, já que *Ressurreição* saiu em 1872 e *Histórias da meia-noite*, em 1873 (*O manuscrito* nunca veio à luz).

O adiantamento dos direitos autorais certamente era bem-vindo para o homem afrodescendente e de origem modesta que preparava o casamento com Carolina Augusta Xavier de Novais, imigrante portuguesa de uma família da pequena burguesia do Porto. Prestes a completar trinta anos, com cinco livros publicados, colaborações em vários órgãos da imprensa e Cavaleiro da Ordem da Rosa, título que lhe fora concedido pelo imperador em 1867, Machado de Assis sobrevivia de um emprego no *Diário Oficial* e da colaboração em diversos jornais e revistas. "Estou trabalhando para as necessidades do dia",[1] contava em um dos vários bilhetes aflitos que enviou por essa época a Francisco Ramos Paz, imigrante português que fizera fortuna no Rio de Janeiro. A ele está dedicado o último poema deste volume.

Na vida pessoal, além da novidade do casamento em novembro de 1869 e da mudança para a rua dos Andradas, no centro do Rio de Janeiro, havia também a tristeza da morte de Faustino Xavier de Novais, outro emigrado de Portugal que se radicou no Rio de Janeiro. O irmão de Carolina era grande amigo e admiração literária de Machado de Assis, que lhe dedicara um poema em *Crisálidas* e outro por ocasião de sua morte, em 16 de agosto de 1869.

Apesar de estarmos diante de um escritor muito pouco confessional, é tentador relacionar os versos de "Noivado" ao compromisso recém-firmado com Carolina. O tom desse poema, que começa com o verso — "Vês, querida, o horizonte ardendo em chamas?" — lembra o das duas únicas cartas a Carolina que se conhecem hoje, ambas de 2 de março de 1869, nas quais se dirige à noiva como "Minha querida Carolina" e "Minha Carola".[2] Os versos finais do poema anteveem uma união por toda a vida:

Pelas ondas do tempo arrebatados,
    Até à morte iremos,
Soltos ao longo do baixel da vida

1. Machado de Assis, *Correspondência de Machado de Assis, tomo I: 1860-1869*. Coord. de Sergio Paulo Rouanet. Org. e comentários de Irene Moutinho e Sílvia Eleutério. Rio de Janeiro: Academia Brasileira de Letras, 2008, p. 272.
2. Ibid., pp. 257-64.

    Os esquecidos remos.
Calmos, entre o fragor da tempestade,
Gozaremos o bem que amor encerra;
Passaremos assim do sol da terra
    Ao sol da eternidade.

Machado e Carolina foram casados durante quase 35 anos. Quando da morte dela, em 1904, ele dedicou-lhe o soneto "A Carolina", que ecoa o tom presente nos versos desta coletânea: "Querida, ao pé do leito derradeiro/ Em que descansas dessa longa vida,/ Aqui venho e virei, pobre querida,/ Trazer-te o coração do companheiro".

Mais alentada e variada que a coleção anterior, *Falenas* está dividida em quatro partes: "Vária", com 25 poemas; "Lira chinesa", composta de oito poemas relativamente independentes, cada um com título próprio; "Uma ode de Anacreonte", poema dramático; e "Pálida Elvira", composto de 97 estrofes.

O conjunto inclui cinco traduções: "Os deuses da Grécia", de Friedrich Schiller; "Cegonhas e rodovalhos", de Louis Bouilhet; "Estâncias a Ema", de Alexandre Dumas Filho; "A morte de Ofélia", paráfrase da famosa cena de *Hamlet*, de William Shakespeare; "A Elvira", de Alphonse de Lamartine; e a surpreendente "Lira chinesa", formada por oito poemas baseados em textos de origem controversa, traduzidos a partir de suas versões para o francês. Entre as traduções, destaca-se o extravagante "Cegonhas e rodovalhos", dedicado a Asinius Sempronius Rufus, que introduziu a cegonha na culinária romana no momento em que era candidato a um alto cargo. O poema conta, com muita graça, como

Rufus não só perdeu a eleição como virou alvo de troça dos contemporâneos.

Apesar da recorrência a assuntos remotos, o embate do escritor a essa altura é com o legado romântico, aqui ostensivamente examinado à luz de temas e formas da Antiguidade, bem como da tradição luso-brasileira. Em todo o livro, as referências constantes a ruínas, túmulos e saudades convivem com figuras da Grécia e da Roma antigas. O cristianismo aparece lado a lado com a mitologia greco-romana, e as palavras finais da missa católica, em *"Ite missa est"*, sugerem a perplexidade do poeta diante de "um deus esquivo", em cujo altar chorou lágrimas que ninguém viu e lançou palavras que se perderam no espaço.

A mistura de registros nota-se também na convivência dos alexandrinos e decassílabos, de corte clássico, com versos mais ligeiros, como as redondilhas maiores, mais afeitas ao gosto romântico e à tradição lusitana. Num ambiente literário marcado pelo nacionalismo, não estranha que os primeiros leitores do livro vissem na adoção dessas formas uma sujeição "às regras metódicas do velho classicismo latino e português".[3] Elogiavam o apuro formal, mas lamentavam "a manifesta preferência que vota ao grito da cigarra de Anacreonte sobre o melodioso canto do sabiá".[4]

---

3. Luís Guimarães Júnior, "Literatura: Estudos literários". In: Ubiratan Machado (Org.), *Machado de Assis: Roteiro da consagração (crítica em vida do autor)*. Rio de Janeiro: Eduerj, 2003, p. 76.
4. Araripe Júnior (sob o pseudônimo Oscar Jagoanharo), *"Falenas"*. In: Ibid., p. 78.

De fato, se comparado a outros livros de poesia contemporâneos, como *Corimbos*, de Luís Guimarães Júnior, e *Cantos meridionais*, de Fagundes Varela, ambos publicados em São Paulo, é nítida a diferença de dicção do poeta das *Falenas*. Aqui a nota sentimental, localista e exaltada raramente comparece, a não ser coada por certa erudição clássica, que parece servir ao poeta de lente e metro para examinar as relações entre o seu tempo e outros tempos.

O livro abre com o poema "Prelúdio", no qual a Alemanha é associada à terra da poesia, em clara alusão ao idealismo romântico, que se irradiou a partir dali. No encerramento da coletânea, com "Pálida Elvira", essa Alemanha da imaginação retorna:

> Demais, era poeta. Era-o. Trazia
> Naquele olhar não sei que luz estranha
> Que indicava um aluno da poesia,
> Um morador da clássica montanha,
> Um cidadão da terra da harmonia,
> Da terra que eu chamei nossa Alemanha[.]

Entre a referência do início e a o do fim, observa-se uma reiterada fricção entre ideal e realidade, como indica um dos versos derradeiros do poema final:

> Ideal, meteoro de um instante!
> Glória da vida, luz do pensamento!
> A gentil, a formosa realidade!
> Única dita e única verdade!

Entretanto, através das formas clássicas pode-se entrever a atmosfera brasileira e as questões contemporâneas ao escritor. Notável nesse sentido é "Manhã de inverno", em que se desenha uma manhã carioca coberta por um colchão de névoa, que vai se dissipando até revelar "o esplêndido cenário" onde "a divina comédia invade a cena", mostrando que "o inverno deste clima/ Na verde palma a sua história escreve". A paisagem tropical, com sua história escrita em palmeiras, participa do teatro do mundo.

Em "Uma ode de Anacreonte", a nota irreverente e cômica em relação aos temas e personagens da Antiguidade expõe o que há neles de idealização, estabelecendo vínculos fortes com a contemporaneidade. A certa altura, Lísias descreve assim outra personagem: "ex-bonita, ex-jovem, ex-da moda". No diálogo entre Lísias e Cleon, que disputam o amor de Mirto, constrói-se o embate entre dois caracteres, o desiludido e o crédulo, o libertino e o casto: "Vês tudo azul e em flor; eu já me não iludo". O mesmo tipo de contraste se estabelece entre Lovelace e Romeu, no poema "No espaço". E entre Zéfiro e o colibri em "A um legista", poema em que ambos se enamoram da mesma flor, e "A pobre flor vacila,/ Não sabe a que atender". Estão aí os temas da rivalidade amorosa e da indecisão feminina, tratados com máxima complexidade em *Dom Casmurro* e *Esaú e Jacó*. Em "O verme", a alegoria singela baseada nos pares flor/coração, verme/ciúme também trata do poder destrutivo do ciúme, assunto, como se sabe, com muitos desdobramentos nos escritos machadianos.

O peso das referências clássicas e a gravidade das idealizações românticas são suavizados pelo tom irreverente e jocoso presente em muitos textos. Assim, os poemas do livro, lidos em sequência, parecem descrever um movimento que vai da exaltação da poesia em suas origens românticas, idealistas, em direção a uma poesia mais rente à realidade tangível.

Se no poema inaugural, "Prelúdio", "O poeta é assim: tem, para a dor e o tédio,/ Um refúgio tranquilo, um suave remédio:/ És tu, casta poesia, ó terra pura e santa!", no poema de encerramento o poeta já não tem refúgio, e o seu destino é trágico, e também um tantinho cômico. Eis o que narram estes versos das estrofes finais de "Pálida Elvira", fecho deste livro:

> [...] O poeta, acabrunhado,
> Sobe outra vez a encosta da montanha;
> Ao cimo chega, e desce o oposto lado
> Que a vaga azul entre soluços banha.
> Como fria ironia a tantas mágoas,
> Batia o sol de chapa sobre as águas.
>
> Pouco tempo depois ouviu-se um grito,
> Som de um corpo nas águas resvalado;
> À flor das vagas veio um corpo aflito...
> Depois... o sol tranquilo e o mar calado.

O que soçobra às ilusões é o manuscrito no qual se baseia todo o poema, que conta a malfadada história de amor entre Heitor e Elvira. Desse desfile de fantasias e ilusões, que atravessa os séculos e compõe o livro, restam a nós, leitores, estas lúcidas *Falenas*.

Referências bibliográficas

ASSIS, Machado de. *Correspondência de Machado de Assis, tomo I: 1860-1869.* Coord. de Sergio Paulo Rouanet. Org. e comentários de Irene Moutinho e Sílvia Eleutério. Rio de Janeiro: Academia Brasileira de Letras, 2008.

BRASIL. MINISTÉRIO DA EDUCAÇÃO E SAÚDE PÚBLICA. *Exposição Machado de Assis: Centenário do nascimento de Machado de Assis: 1839-1939.* Intr. de Augusto Meyer. Rio de Janeiro: Serviço Gráfico do Ministério da Educação e Saúde, 1939.

CARVALHO, Castelar de. *Dicionário de Machado de Assis: Língua, estilo, temas.* 2. ed. rev. e atual. Rio de Janeiro: Lexikon, 2018.

MACHADO, Ubiratan (Org.). *Machado de Assis: Roteiro da consagração (crítica em vida do autor).* Rio de Janeiro: EdUERJ, 2003.

_____. *Dicionário de Machado de Assis.* 2. ed. rev. e ampl. São Paulo: Imprensa Oficial; Rio de Janeiro: Academia Brasileira de Letras; Lisboa: Imprensa Nacional, 2021.

SOUSA, José Galante de. *Bibliografia de Machado de Assis.* Rio de Janeiro: Instituto Nacional do Livro, 1955.

_____. *Fontes para o estudo de Machado de Assis.* Rio de Janeiro: Instituto Nacional do Livro, 1958.

_____. "Cronologia de Machado de Assis" [1958]. *Cadernos de Literatura Brasileira: Machado de Assis*, São Paulo, Instituto Moreira Salles, n. 23/24, pp. 10-40, jul. 2008.

Sobre esta edição

Esta edição tomou como base a primeira, a única com a configuração aqui apresentada, que segue a forma como o livro saiu em janeiro de 1870 no Rio de Janeiro pela B. L. Garnier, Editor e impresso em Paris pela Tipografia de Ad. Lainé. Para o cotejo, foram utilizados os exemplares pertencentes à Biblioteca Brasiliana Guita e José Mindlin, da Universidade de São Paulo, e à Biblioteca do Senado. Também foi consultado o volume de *Poesias completas* da edição crítica das obras de Machado de Assis, organizada pela Comissão Machado de Assis (2. ed. Rio de Janeiro: Civilização Brasileira; Brasília: Instituto Nacional do Livro, 1977, v. 7). Ao texto da presente edição, foram incorporadas as correções indicadas na Errata que aparece no final do livro de 1870.

O estabelecimento do texto orientou-se pelo princípio da máxima fidedignidade àquele tomado como base, adotando as seguintes diretrizes: a pontuação foi mantida, mesmo quando não está em conformidade com os usos atuais; a ortografia foi atualizada, mantendo-se nos poemas as variantes registradas no *Vocabulário ortográfico da língua portuguesa*; os sinais gráficos, tais como aspas, apóstrofos e travessões, foram padronizados; a disposição dos versos na página, com seus recuos menores ou maiores, segue a da edição de base.

Um dos intuitos desta edição é preservar o ritmo de leitura implícito na pontuação que consta em textos sobre os quais atuaram vários agentes, tais como editores, revisores e tipógrafos, mas cuja publicação foi supervisionada pelo escritor. A manutenção das variantes ortográficas, do modo de ordenação das palavras e dos grifos é importante para caracterizar a dicção das personagens e do eu poético, assim como para a sonoridade e a métrica, e constitui um registro, ainda que indireto, dos hábitos de fala e de escrita de um tempo e lugar, o Rio de Janeiro do século XIX. Ali, imigrantes, especialmente de Portugal, conviviam com afrodescendentes — como é o caso da família de origem do escritor e também daquela que Machado de Assis constituiu com Carolina Xavier de Novais —, e as referências literárias e culturais europeias estavam muito presentes nos círculos letrados nos quais Machado de Assis se formou e que frequentou ao longo de toda a vida.

Neste volume, foram mantidas as seguintes variantes registradas no *Vocabulário ortográfico da língua portuguesa* (6. ed. Rio de Janeiro: Academia Brasileira de Letras, 2021): "afecto", "benção", "catequismo", "céptico", "cousa", "distilar", "dous", "electrizado", "exceptuar", "fouce", "mouta", "prescrutar", "recto" e a oscilação entre "cálix"/"cálice", "feliz"/"felice", "lâmpada"/"alâmpada", "transe"/"trance". Foram respeitadas formas como "li" (ali), "ofrenda", "stavam", "strofe" (com acréscimo de apóstrofo) e contrações, como "c'os", "co'a", "co'os", "c'um", "c'roada", "d'água", "d'Elvira", "n'alma", "tu'alma", "um'hora" e uma das mais frequentes, "minh'alma". "N'aquela", "n'outro", "n'um" e demais casos idênticos foram grafados de acordo com o uso corrente, "naquela", "noutro", "num".

Para a identificação e atualização das variantes, também foram consultados o *Índice do vocabulário de Machado de Assis*, publicação digital da Academia Brasileira de Letras, e o *Vocabulário onomástico da língua portuguesa* (Rio de Janeiro: Academia Brasileira de Letras, 1999). Os *Vocabulários* e o *Índice* são as obras de referência para a ortografia adotada nesta edição. As exceções são "Hélios", "Ixion", "Persefone" e "Sirinx", mantidas conforme o livro de 1870, para preservar o ritmo e a sonoridade. Nos casos em que as obras de referência são omissas, manteve-se a grafia que aparece na edição de base.

Os sinais gráficos foram padronizados da seguinte forma: aspas (" "), apóstrofos ('), reticências (...) e travessões (—). Na edição de 1870, as falas de personagens que se estendem por vários versos ou estrofes são introduzidas, a cada verso ou estrofe, por aspas. Nesta, a indicação aparece apenas na abertura e no fechamento das falas.

Nas epígrafes, as abreviaturas nos nomes dos autores foram desenvolvidas, como se vê neste exemplo: "Shakesp*eare*". As epígrafes em língua estrangeira foram mantidas conforme aparecem na edição de 1870; elas estão acompanhadas de notas, nas quais se apresentam uma tradução e, sempre que possível, a indicação das obras de que foram extraídas. Os nomes de autores foram corrigidos.

No texto "Uma ode de Anacreonte", as rubricas foram padronizadas. Os nomes das personagens, na introdução de suas falas, vêm sempre em versalete. Os textos das rubricas aparecem entre parênteses e em itálico.

As intervenções no texto que não seguem os princípios indicados anteriormente, que não se devem a erros evidentes de composição tipográfica ou, nos casos duvidosos, não acompanham a solução da edição crítica, vêm indicadas por notas de fim, chamadas por letras.

As notas de rodapé, chamadas por números, visam elucidar o significado de expressões e referências não facilmente encontráveis nos bons dicionários da língua ou por meio de ferramentas eletrônicas de busca. Por vezes, elas abordam também o contexto a que se referem os escritos. As deste volume foram elaboradas por Audrey Ludmilla do Nascimento Miasso [AM], Hélio de Seixas Guimarães [HG] e Paulo Dutra [PD].

O organizador agradece a José Américo Miranda pela leitura da apresentação e pelas sugestões.

Machado de Assis

∘∘∘∘∘∘∘∘

Falenas

Labouring up.
Tennyson[1]

1. O fragmento, que pode ser traduzido como "laborando",
   "elaborando" ou mesmo "trabalhando duro", foi extraído do
   poema "Lancelot and Elaine", que compõe a homenagem
   à lenda do rei Arthur "Idylls of the King" [Idílios do rei].
   O texto pode ser encontrado com o título "Elaine" em
   The Poetical Works of Alfred Tennyson [Obras poéticas de Alfred
   Tennyson] (1860), obra publicada em memória do autor.
   A referência a um poeta inglês no pórtico de seu segundo livro
   de poemas indica o apreço de Machado de Assis por escritores
   dessa língua, o que é reafirmado nas epígrafes deste volume,
   retiradas de versos de Longfellow e Shakespeare, e ao longo
   de toda a obra, na qual há alusões constantes a eles e a Sterne,
   Poe, Shelley, entre muitos outros. [AM]

Vária

ooooooo

Prelúdio

... land of dreams.
... land of song.
Longfellow[2]

Lembra-te a ingênua moça, imagem da poesia,
Que a André Roswein amou, e que implorava um dia,
Como infalível cura à sua mágoa estranha,
Uma simples jornada às terras da Alemanha?
O poeta é assim: tem, para a dor e o tédio,
Um refúgio tranquilo, um suave remédio:[A]
És tu, casta poesia, ó terra pura e santa!
Quando a alma padece, a lira exorta e canta;
E a musa que, sorrindo, os seus bálsamos verte,
Cada lágrima nossa em pérola converte.

Longe daquele asilo, o espírito se abate;
A existência parece um frívolo combate,
Um eterno ansiar por bens que o tempo leva,
Flor que resvala ao mar, luz que se esvai na treva,
Pelejas sem ardor, vitórias sem conquista!
Mas, quando o nosso olhar os páramos avista,
Onde o peito respira o ar sereno e agreste, →

---

2. "... terra dos sonhos./ ... terra da canção", em tradução livre do inglês. Machado de Assis compõe sua epígrafe a partir dos dois últimos versos da sétima estrofe do poema "Prelude", de Henry Wadsworth Longfellow, publicado em *Voices of the Night* [Vozes da noite] (1839). Assim como fez em algumas epígrafes das *Crisálidas*, Machado usa as reticências para indicar que o verso foi cortado. [AM]

Transforma-se o viver. Então, à voz celeste,
Acalma-se a tristeza; a dor se abranda e cala;
Canta a alma e suspira; o amor vem resgatá-la;
O amor, gota de luz do olhar de Deus caída,
Rosa branca do céu, perfume, alento, vida.
Palpita o coração já crente, já desperto;
Povoa-se num dia o que era agro deserto;
Fala dentro de nós uma boca invisível;
Esquece-se o real e palpa-se o impossível.
A outra terra era má, o meu país é este;
Este o meu céu azul.
                  Se um dia padeceste
Aquela dor profunda, aquele ansiar sem termo
Que leva o tédio e a morte ao coração enfermo;
Se queres mão que enxugue as lágrimas austeras,
Se te apraz ir viver de eternas primaveras,
Ó alma de poeta, ó alma de harmonia,
Volve às terras da musa, às terras da poesia!

Tens, para atravessar a azul imensidade,
Duas asas do céu: a esperança e a saudade.
Uma vem do passado, outra cai do futuro;
Com elas voa a alma e paira no éter puro,
Com elas vai curar a sua mágoa estranha.

A terra da poesia é a nossa Alemanha.

Ruínas

No hay pájaros en los nidos de antaño.
Provérbio espanhol[3]

Cobrem plantas sem flor crestados muros;
Range a porta anciã; o chão de pedra
Gemer parece aos pés do inquieto vate.
Ruína é tudo: a casa, a escada, o horto,
Sítios caros da infância.
                    Austera moça
Junto ao velho portão o vate aguarda;
            Pendem-lhe as tranças soltas
            Por sobre as roxas vestes.
Risos não tem, e em seu magoado gesto
Transluz não sei que dor oculta aos olhos;
— Dor que à face não vem, — medrosa e casta,
Íntima e funda; — e dos cerrados cílios
            Se uma discreta e muda
Lágrima cai, não murcha a flor do rosto;
Melancolia tácita e serena,
Que os ecos não acorda em seus queixumes,
Respira aquele rosto. A mão lhe estende
O abatido poeta. Ei-los percorrem   →

---

3. "Não há pássaros nos ninhos de antigamente", em tradução
   livre. Faz-se referência a um provérbio espanhol, mas o
   mesmo texto figura em duas obras: no capítulo LXXIV da
   segunda parte de *Dom Quixote* (1615), de Miguel de Cervantes,
   em que aparece em ordem inversa; e na epígrafe do poema
   "It's Not Always May" [Não será maio para sempre], publicado
   no volume *The Poetical Works* [Obra poética] (1852), de Henry
   Wadsworth Longfellow. [AM]

Com tardo passo os relembrados sítios,
Ermos depois que a mão da fria morte
Tantas almas colhera. Desmaiavam,
Nos serros do poente,
As rosas do crepúsculo.
"Quem és? pergunta o vate; o sol que foge
No teu lânguido olhar um raio deixa;
— Raio quebrado e frio; — o vento agita
Tímido e frouxo as tuas longas tranças.
Conhecem-te estas pedras; das ruínas
Alma errante pareces condenada
A contemplar teus insepultos ossos.
Conhecem-te estas árvores. E eu mesmo
Sinto não sei que vaga e amortecida
Lembrança de teu rosto."

Desceu de todo a noite,
Pelo espaço arrastando o manto escuro
Que a loura Vésper nos seus ombros castos,
Como um diamante, prende. Longas horas
Silenciosas correram. No outro dia,
Quando as vermelhas rosas do oriente
Ao já próximo sol a estrada ornavam,
Das ruínas saíam lentamente
Duas pálidas sombras:
O poeta e a saudade.

Musa dos olhos verdes

Musa dos olhos verdes, musa alada,
   Ó divina esperança,
Consolo do ancião no extremo alento,
   E sonho da criança;

Tu que junto do berço o infante cinges
   C'os fúlgidos cabelos;
Tu que transformas em dourados sonhos
   Sombrios pesadelos;

Tu que fazes pulsar o seio às virgens;
   Tu que às mães carinhosas
Enches o brando, tépido regaço
   Com delicadas rosas;

Casta filha do céu, virgem formosa
   Do eterno devaneio,
Sê minha amante, os beijos meus recebe,
   Acolhe-me em teu seio!

Já cansada de encher lânguidas flores
   Com as lágrimas frias,
A noite vê surgir do oriente a aurora
   Dourando as serranias.

Asas batendo à luz que as trevas rompe,
   Piam noturnas aves,   →

E a floresta interrompe alegremente
Os seus silêncios graves.

Dentro de mim, a noite escura e fria
Melancólica chora;
Rompe estas sombras que o meu ser povoam;
Musa, sê tu a aurora!

La marchesa de Miramar[4]

A misérrima Dido
Pelos paços reais vaga ululando.
Garção[5]

De quanto sonho um dia povoaste
  A mente ambiciosa,
Que te resta? Uma página sombria,
A escura noite e um túmulo recente.

Ó abismo! Ó fortuna! Um dia apenas
Viu erguer, viu cair teu frágil trono.
Meteoro do século, passaste,
Ó triste império, alumiando as sombras.
A noite foi teu berço e teu sepulcro.
Da tua morte os goivos inda acharam   →

---

4. O título e o poema referem-se a Marie Charlotte Amélie
   Augustine Victoire Clémentine Léopoldine (1840-1927), mais
   conhecida por seu nome espanhol, Carlota. Nascida princesa
   na Bélgica, casou-se com o arquiduque Maximiliano da
   Áustria, que se tornou imperador do México em 1864, com
   respaldo de Napoleão III. As dificuldades políticas no
   México conduziram-na à Europa em busca de apoio, que
   não obteve, o que a teria levado à loucura e ao confinamento
   no castelo de Miramar. Durante esse período, seu marido
   foi preso e executado por Benito Juárez, em 1867, e Carlota
   passou a vida reclusa, com a saúde mental abalada, até sua
   morte, aos 86 anos. [HG]
5. Os versos estão no drama "Assembleia, ou partida", publicado
   nas *Obras poéticas* (1778), de Pedro Antônio Correia Garção.
   Eles fazem parte da cantata da personagem Mafalda, na
   cena XVI: "A misérrima Dido/ Pelos Paços reais vaga ululando,/
   C'os turvos olhos inda em vão procura/ O fugitivo Eneas". [AM]

Frescas as rosas dos teus breves dias;
E no livro da história uma só folha
A tua vida conta: sangue e lágrimas.

No tranquilo castelo,
Ninho d'amor, asilo de esperanças,
A mão de áurea fortuna preparara,
Menina e moça, um túmulo aos teus dias.
Junto do amado esposo,
Outra c'roa cingias mais segura,
A coroa do amor, dádiva santa
Das mãos de Deus. No céu de tua vida
Uma nuvem sequer não sombreava
A esplêndida manhã; estranhos eram
Ao recatado asilo
Os rumores do século.
Estendia-se
Em frente o largo mar, tranquila face
Como a da consciência alheia ao crime,
E o céu, cúpula azul do equóreo leito.
Ali, quando ao cair da amena tarde,
No tálamo encantado do ocidente,
O vento melancólico gemia,
E a onda murmurando,
Nas convulsões do amor beijava^ a areia,
Ias tu junto dele, as mãos travadas,
Os olhos confundidos,
Correr as brandas, sonolentas águas,
Na gôndola discreta. Amenas flores
Com suas mãos teciam
As namoradas Horas; vinha a noite,
Mãe de amores, solícita descendo,

→

Que em seu regaço a todos envolvia,
O mar, o céu, a terra, o lenho e os noivos.

Mas além, muito além do céu fechado,
O sombrio destino, contemplando
A paz do teu amor, a etérea vida,
As santas efusões das noites belas,
O terrível cenário preparava
     A mais terríveis lances.

     Então surge dos tronos
A profética voz que anunciava
     Ao teu crédulo esposo:
"Tu serás rei, Macbeth!" Ao longe, ao longe,
No fundo do oceano, envolto em névoas,
Salpicado de sangue, ergue-se um trono.
Chamam-no a ele as vozes do destino.
Da tranquila mansão ao novo império
Cobrem flores a estrada, — estéreis flores
Que mal podem cobrir o horror da morte.
Tu vais, tu vais também, vítima infausta;
O sopro da ambição fechou teus olhos...
     Ah! quão melhor te fora
     No meio dessas águas
Que a régia nau cortava, conduzindo
Os destinos de um rei, achar a morte:
A mesma onda os dous envolveria.
Uma só convulsão às duas almas
O vínculo quebrara, e ambas iriam,
Como raios partidos de uma estrela,
     À eterna luz juntar-se.

Mas o destino, alçando a mão sombria,
Já traçara nas páginas da história
O terrível mistério. A liberdade
Vela naquele dia a ingênua fronte.
Pejam nuvens de fogo o céu profundo.
Orvalha sangue a noite mexicana...
Viúva e moça, agora em vão procuras
No teu plácido asilo o extinto esposo.
Interrogas em vão o céu e as águas.
Apenas surge ensanguentada sombra
Nos teus sonhos de louca, e um grito apenas,
Um soluço profundo reboando
Pela noite do espírito, parece
Os ecos acordar da mocidade.
No entanto, a natureza alegre e viva,
   Ostenta o mesmo rosto.
Dissipam-se ambições, impérios morrem.
Passam os homens como pó que o vento
Do chão levanta ou sombras fugitivas.
Transformam-se em ruína o templo e a choça.
Só tu, só tu, eterna natureza,
   Imutável, tranquila,
Como rochedo em meio do oceano,
Vês baquear os séculos.
     Sussurra
Pelas ribas do mar a mesma brisa;
O céu é sempre azul, as águas mansas;
Deita-se ainda a tarde vaporosa
   No leito do ocidente;
Ornam o campo as mesmas flores belas...
Mas em teu coração magoado e triste,
Pobre Carlota! o intenso desespero   →

Enche de intenso horror o horror da morte.
Viúva da razão, nem já te cabe
    A ilusão da esperança.
Feliz, feliz, ao menos, se te resta,
    Nos macerados olhos,
O derradeiro bem: — algumas lágrimas!

Sombras

> *Que tienes? que estás pensando*
> *Gloria de mi pensamiento?*
> Cervantes[6]

Quando, assentada à noite, a tua fronte inclinas,
E cerras descuidada as pálpebras divinas,
E deixas no regaço as tuas mãos cair,
E escutas sem falar, e sonhas sem dormir,
Acaso uma lembrança, um eco do passado,
Em teu seio revive?

            O túmulo fechado
Da ventura que foi, do tempo que fugiu,
Por que razão, mimosa, a tua mão o abriu?
Com que flor, com que espinho, a importuna memória
Do teu passado escreve a misteriosa história?
Que espectro ou que visão ressurge aos olhos teus?
Vem das trevas do mal ou cai das mãos de Deus?
É saudade ou remorso? é desejo ou martírio?

Quando em obscuro templo a fraca luz de um círio
Apenas alumia a nave e o grande altar
E deixa todo o resto em treva, — e o nosso olhar
Cuida ver ressurgindo, ao longe, dentre as portas,
As sombras imortais das criaturas mortas,   →

---

6. "Que tens? Em que estás pensando/ Glória do meu
pensamento?", em tradução livre do espanhol. A epígrafe
está na cena I da jornada III da tragédia *A destruição de
Numância* [*La Numancia*] (*c.* 1585), de Miguel de Cervantes,
e as palavras pertencem a uma das falas de Morandro. [AM]

Palpita o coração de assombro e de terror;
O medo aumenta o mal. Mas a cruz do Senhor,
Que a luz do círio inunda, os nossos olhos chama;
O ânimo esclarece aquela eterna chama;
Ajoelha-se contrito, e murmura-se então
A palavra de Deus, a divina oração.

Pejam sombras, bem vês, a escuridão do templo;
Volve os olhos à luz, imita aquele exemplo;
Corre sobre o passado impenetrável véu;
Olha para o futuro e vem lançar-te ao céu.

Quando ela fala

She speaks
O speake again, bright angel!
Shakesp*eare*[7]

Quando ela fala, parece
Que a voz da brisa se cala;
Talvez um anjo emudece
　　Quando ela fala.

Meu coração dolorido
As suas mágoas exala,
E volta ao gozo perdido
　　Quando ela fala.

Pudesse^A eu eternamente,
Ao lado dela, escutá-la,
Ouvir sua alma inocente
　　Quando ela fala.

Minh'alma, já semimorta,
Conseguira ao céu alçá-la,
Porque o céu abre uma porta
　　Quando ela fala.

---

7. "Ela fala!/ Fale, anjo, outra vez, pois você brilha", em tradução de
Barbara Heliodora. A epígrafe foi retirada da cena II do ato II da
tragédia *Romeu e Julieta* (1597), de William Shakespeare. [AM]

Visão

A Luís de Alvarenga Peixoto

Vi de um lado o Calvário, e do outro lado
O Capitólio, o templo-cidadela.
E torvo mar entre ambos agitado,
Como se agita o mar numa procela.

Pousou no Capitólio uma águia; vinha
   Cansada de voar.
Cheia de sangue as longas asas tinha;
   Pousou; quis descansar.

Era a águia romana, a águia de Quirino;
A mesma que, arrancando as chaves ao destino,
As portas do futuro abriu de par em par.
A mesma que, deixando o ninho áspero e rude,
Fez do templo da força o templo da virtude,
E lançou, como emblema, a espada sobre o altar.

Então, como se um deus lhe habitasse as entranhas,
A vitória empolgou, venceu raças estranhas,
Fez de várias nações um só domínio seu.
Era-lhe o grito agudo um tremendo rebate.
Se caía, perdendo acaso um só combate,
Punha as asas no chão e remontava Anteu.

Vezes três, respirando a morte, o sangue, o estrago,
Saiu, lutou, caiu, ergueu-se... e jaz Cartago;
É ruína; é memória; é túmulo. Transpõe,   →

Impetuosa e audaz, os vales e as montanhas.
Lança a férrea cadeia ao colo das Espanhas.
Gália vence; e o grilhão a toda Itália põe.

Terras d'Ásia invadiu, águas bebeu do Eufrates,
Nem tu mesma fugiste à sorte dos combates,
Grécia, mãe do saber. Mas que pode o opressor,
Quando o gênio sorriu no berço de uma serva?
Palas despe a couraça e veste de Minerva;
Faz-se mestra a cativa; abre escola ao senhor.

Agora, já cansada e respirando a custo,
Desce; vem repousar no monumento augusto.
Gotejam-lhe inda sangue as asas colossais.
A sombra do terror assoma-lhe à pupila.
Vem tocada das mãos de César e de Sila.
Vê quebrar-se-lhe a força aos vínculos mortais.

Dum lado e de outro lado, azulam-se
Os vastos horizontes;
Vida ressurge esplêndida
Por toda a criação.
Luz nova, luz magnífica
Os vales enche e os montes...
E além, sobre o Calvário,
Que assombro! que visão!

Fitei o olhar. Do píncaro
Da colossal montanha
Surge uma pomba, e plácida
Asas no espaço abriu.
Os ares rompe, embebe-se →

No éter de luz estranha:
Olha-a minha alma atônita
Dos céus a que subiu.

Emblema audaz e lúgubre,
Da força e do combate,
A águia no Capitólio
As asas abateu.
Mas voa a pomba, símbolo
Do amor e do resgate,
Santo e apertado vínculo
Que a terra prende ao céu.

Depois... Às mãos de bárbaros,
Na terra em que nascera,
Após sangrentos séculos,
A águia expirou; e então
Desceu a pomba cândida
Que marca a nova era,
Pousou no Capitólio,
Já berço, já cristão.

Manhã de inverno

Coroada de névoas, surge a aurora
Por detrás das montanhas do oriente;
Vê-se um resto de sono e de preguiça,
Nos olhos da fantástica indolente.

Névoas enchem de um lado e de outro os morros
Tristes como sinceras sepulturas,
Essas que têm por simples ornamento
Puras capelas, lágrimas mais puras.

A custo rompe o sol; a custo invade
O espaço todo branco; e a luz brilhante
Fulge através do espesso nevoeiro,
Como através de um véu fulge o diamante.

Vento frio, mas brando, agita as folhas
Das laranjeiras úmidas da chuva;
Erma de flores, curva a planta o colo,
E o chão recebe o pranto da viúva.

Gelo não cobre o dorso das montanhas,
Nem enche as folhas trêmulas a neve;
Galhardo moço, o inverno deste clima
Na verde palma a sua história escreve.

Pouco a pouco, dissipam-se no espaço
As névoas da manhã; já pelos montes

→

Vão subindo as que encheram todo o vale;
Já se vão descobrindo os horizontes.

Sobe de todo o pano; eis aparece
Da natureza o esplêndido cenário;
Tudo ali preparou co'os sábios olhos
A suprema ciência do empresário.

Canta a orquestra dos pássaros no mato
A sinfonia alpestre, — a voz serena
Acorda os ecos tímidos do vale;
E a divina comédia invade a cena.

Ite missa est[8]

Fecha o missal do amor e a benção lança
À pia multidão
Dos teus sonhos de moço e de criança;
A benção do perdão.
Soa a hora fatal, — reza contrito
As palavras do rito:
Ite missa est.

Foi longo o sacrifício; o teu joelho
De curvar-se cansou;
E acaso sobre as folhas do Evangelho
A tua alma chorou.
Ninguém viu essas lágrimas (ai tantas!)
Cair nas folhas santas.
Ite missa est.

De olhos fitos no céu rezaste o credo,
O credo do teu deus;
Oração que devia, ou tarde ou cedo,
Travar nos lábios teus.
Palavra que se esvai qual fumo escasso
E some-se no espaço.
Ite missa est.

---

8. A expressão latina, dita ao final da missa, pode ser traduzida
por "Vão, estão dispensados", ou, em sentido mais figurado,
"Ide, a missão vos foi dada". No livro de 1870, ela aparece sem
a vírgula que geralmente separa "*Ite*" de "*missa est*". [HG]

Votaste ao céu, nas tuas mãos alçada,
A hóstia do perdão,
A vítima divina... e profanada
Que chamas coração.
Quase inteiras perdeste a alma e a vida
Na hóstia consumida.
Ite missa est.

Pobre servo do altar de um deus esquivo
É tarde; beija a cruz;
Na lâmpada em que ardia o fogo ativo,
Vê, já se extingue a luz.
Cubra-te agora o rosto macilento
O véu do esquecimento.
Ite missa est.

Flor da mocidade

Eu conheço a mais bela flor;
És tu, rosa da mocidade,
Nascida, aberta para o amor.
Eu conheço a mais bela flor.
Tem do céu a serena cor,
E o perfume da virgindade.
Eu conheço a mais bela flor,
És tu, rosa da mocidade.

Vive às vezes na solidão,
Como filha da brisa agreste.
Teme acaso indiscreta mão;
Vive às vezes na solidão.
Poupa a raiva do furacão
Suas folhas de azul-celeste.
Vive às vezes na solidão,
Como filha da brisa agreste.

Colhe-se antes que venha o mal,
Colhe-se antes que chegue o inverno;
Que a flor morta já nada val.
Colhe-se antes que venha o mal.
Quando a terra é mais jovial
Todo o bem nos parece eterno.
Colhe-se antes que venha o mal,
Colhe-se antes que chegue o inverno.

Noivado

Vês, querida, o horizonte ardendo em chamas?
　　　　Além desses outeiros
Vai descambando o sol, e à terra envia
　　　　Os raios derradeiros;
A tarde, como noiva que enrubesce,
Traz no rosto um véu mole e transparente;
No fundo azul a estrela do poente
　　　　Já tímida aparece.

Como um bafo suavíssimo da noite,
　　　　Vem sussurrando o vento
As árvores agita e imprime às folhas
　　　　O beijo sonolento.
A flor ajeita o cálix: cedo espera
O orvalho, e entanto exala o doce aroma;
Do leito do oriente a noite assoma
　　　　Como uma sombra austera.

Vem tu, agora, ó filha de meus sonhos,
　　　　Vem, minha flor querida;
Vem contemplar o céu, página santa
　　　　Que amor a ler convida;
Da tua solidão rompe as cadeias;
Desce do teu sombrio e mudo asilo;
Encontrarás aqui o amor tranquilo...
　　　　Que esperas? que receias?

Olha o templo de Deus, pomposo e grande;
    Lá do horizonte oposto
A lua, como lâmpada, já surge
    A alumiar teu rosto;
Os círios vão arder no altar sagrado,
Estrelinhas do céu que um anjo acende;
Olha como de bálsamos recende
    A c'roa do noivado.

Irão buscar-te em meio do caminho
    As minhas esperanças;
E voltarão contigo, entrelaçadas
    Nas tuas longas tranças;
No entanto eu preparei teu leito à sombra
Do limoeiro em flor; colhi contente
Folhas com que alastrei o solo ardente
    De verde e mole alfombra.

Pelas ondas do tempo arrebatados,
    Até à morte iremos,
Soltos ao longo do baixel da vida
    Os esquecidos remos.
Calmos, entre o fragor da tempestade,
Gozaremos o bem que amor encerra;
Passaremos assim do sol da terra
    Ao sol da eternidade.

Menina e moça

A Ernesto Cibrão

Está naquela idade inquieta e duvidosa,
Que não é dia claro e é já o alvorecer;
Entreaberto botão, entrefechada rosa,
Um pouco de menina e um pouco de mulher.

Às vezes recatada, outras estouvadinha,
Casa no mesmo gesto a loucura e o pudor;
Tem cousas de criança e modos de mocinha,
Estuda o catequismo e lê versos de amor.

Outras vezes valsando, o seio lhe palpita,
De cansaço talvez, talvez de comoção.
Quando a boca vermelha os lábios abre e agita,
Não sei se pede um beijo ou faz uma oração.

Outras vezes beijando a boneca enfeitada,
Olha furtivamente o primo que sorri;
E se corre parece, à brisa enamorada,
Abrir asas de um anjo e tranças de uma huri.

Quando a sala atravessa, é raro que não lance
Os olhos para o espelho; e raro que ao deitar
Não leia, um quarto de hora, as folhas de um romance
Em que a dama conjugue o eterno verbo amar.

Tem na alcova em que dorme, e descansa de dia,
A cama da boneca ao pé do toucador;   →

Quando sonha, repete, em santa companhia,
Os livros do colégio e o nome de um doutor.

Alegra-se em ouvindo os compassos da orquestra;
E quando entra num baile, é já dama do tom;
Compensa-lhe a modista os enfados da mestra;
Tem respeito à Geslin, mas adora a Dazon.[9]

Dos cuidados da vida o mais tristonho e acerbo
Para ela é o estudo, exceptuando talvez
A lição de sintaxe em que combina o verbo
To love, mas sorrindo ao professor de inglês.

Quantas vezes, porém, fitando o olhar no espaço,
Parece acompanhar uma etérea visão;
Quantas cruzando ao seio o delicado braço
Comprime as pulsações do inquieto coração!

Ah! se nesse momento alucinado, fores
Cair-lhe aos pés, confiar-lhe uma esperança vã,
Hás de vê-la zombar dos teus tristes amores,
Rir da tua aventura e contá-la à mamã.

É que esta criatura, adorável, divina,
Nem se pode explicar, nem se pode entender:
Procura-se a mulher e encontra-se a menina,
Quer-se ver a menina e encontra-se a mulher!

9. A baronesa de Geslin dirigia o renomado Colégio de
   Meninas, no bairro do Catete, no Rio de Janeiro; Dazon era
   o sobrenome de madame Catharina Dazon, modista que
   manteve loja na rua do Ouvidor, no Rio de Janeiro, e também
   em Paris, Lyon e Londres. [HG]

A Elvira

(Lamartine)

Quando, contigo a sós, as mãos unidas,
Tu, pensativa e muda; e eu, namorado,
Às volúpias do amor a alma entregando,
Deixo correr as horas fugidias;
Ou quando às solidões de umbrosa selva
Comigo te arrebato; ou quando escuto
— Tão só eu, — teus terníssimos suspiros;
      E de meus lábios solto
Eternas juras de constância eterna;
Ou quando, enfim, tua adorada fronte
Nos meus joelhos trêmulos descansa,
E eu suspendo meus olhos em teus olhos,
Como às folhas da rosa ávida abelha;
Ai, quanta vez então dentro em meu peito
Vago terror penetra, como um raio!
      Empalideço, tremo;
E no seio da glória em que me exalto,
Lágrimas verto que a minha alma assombram!
      Tu, carinhosa e trêmula,
Nos teus braços me cinges, — e assustada,
Interrogando em vão, comigo choras!
"Que dor secreta o coração te oprime?"
Dizes tu, "Vem, confia os teus pesares...
Fala! eu abrandarei as penas tuas!
Fala! eu consolarei tua alma aflita!"

Vida do meu viver, não me interrogues!
Quando enlaçado nos teus níveos braços
A confissão de amor te ouço, e levanto
Lânguidos olhos para ver teu rosto,
Mais ditoso mortal o céu não cobre!
Se eu tremo, é porque nessas esquecidas
Afortunadas horas,
Não sei que voz do enleio me desperta,
E me persegue e lembra
Que a ventura co'o tempo se esvaece,
E o nosso amor é facho que se extingue!
De um lance, espavorida,
Minha alma voa às sombras do futuro,
E eu penso então: "Ventura que se acaba
Um sonho vale apenas."

Lágrimas de cera

Passou; viu a porta aberta.
Entrou; queria rezar.
A vela ardia no altar.
A igreja estava deserta.

Ajoelhou-se defronte
Para fazer a oração;
Curvou a pálida fronte
E pôs os olhos no chão.

Vinha trêmula e sentida.
Cometera um erro. A Cruz
É a âncora da vida,
A esperança, a força, a luz.

Que rezou? Não sei. Benzeu-se
Rapidamente. Ajustou
O véu de rendas. Ergueu-se
E à pia se encaminhou.

Da vela benta que ardera,
Como tranquilo fanal,
Umas lágrimas de cera
Caíam no castiçal.

Ela porém não vertia
Uma lágrima sequer.
Tinha a fé, — a chama a arder, —
Chorar é que não podia.

No espaço

Il n'y a qu'une sorte d'amour, mais
il y en a mille différentes copies.
La Rochefoucauld[10]

Rompendo o último laço
Que ainda à terra as prendia,
Encontraram-se no espaço
Duas almas. Parecia
Que o destino as convocara
Para aquela mesma hora;
E livres, livres agora,
Correm a estrada do céu,
Vão ver a divina face:
Uma era a de Lovelace,
Era a outra a de Romeu.[11]

Voavam... porém, voando
Falavam ambas. E o céu
Ia as vozes escutando　　　　　　→

---

10. "Só há uma espécie de amor, mas dela há mil cópias
diferentes", em tradução de Rosa Freire d'Aguiar. A epígrafe
machadiana está nas *Reflexões ou sentenças e máximas
morais* (1665), de François de La Rochefoucauld. A única
diferença entre a máxima e a epígrafe é que, no texto
francês, aparece *"que d'une"* no lugar do *"qu'une"* citado
por Machado de Assis. [AM]
11. As referências são a dois modelos de amante: o sedutor e
libertino Robert Lovelace, personagem do romance *Clarissa*
(1747-8), de Samuel Richardson, e o fiel e dedicado Romeu,
da peça *Romeu e Julieta* (1597), de William Shakespeare. [HG]

Das duas almas. Romeu
De Lovelace indagava
Que fizera nesta vida
E que saudades levava.

"Eu amei... mas quantas, quantas,
E como, e como não sei;
Não seria o amor mais puro,
Mas o certo é que as amei.
Se era tão fundo e tão vasto
O meu pobre coração!
Cada dia era uma glória,
Cada hora uma paixão.
Amei todas; e na história
Dos amores que senti
Nenhuma daquelas belas
Deixou de escrever por si.

Nem a patrícia de Helena,
De verde mirto c'roada,
Nascida como açucena
Pelos zéfiros beijada,
Aos brandos raios da lua,
À voz das ninfas do mar,
Trança loura, espádua nua,
Calma fronte e calmo olhar.

Nem a beleza latina,
Nervosa, ardente, robusta,
Levantando a voz augusta
Pela margem peregrina,
Onde o eco[A] em seus lamentos,   →

Por virtude soberana,
Repete a todos os ventos
A nota virgiliana.

Nem a doce, aérea inglesa,
Que os ventos frios do norte
Fizeram fria de morte,
Mas divina de beleza.

Nem a ardente Castelhana,
Corada ao sol de Madrid,
Beleza tão soberana,
Tão despótica no amor,
Que troca os troféus de um Cid
Pelo olhar de um trovador.

Nem a virgem pensativa
Que às margens do velho Reno,
Como a pura sensitiva
Vive das auras do céu
E murcha ao mais leve aceno
De mãos humanas; tão pura
Como aquela Margarida
Que a Fausto um dia encontrou.

E muitas mais, e amei todas,
Todas minha alma encerrou.
Foi essa a minha virtude,
Era esse o meu condão.
Que importava a latitude?
Era o mesmo coração,
Os mesmos lábios, o mesmo   →

Arder na chama fatal...
Amei a todas e a esmo."

Lovelace concluíra;
Entravam ambos no céu;
E o Senhor que tudo ouvira,
Voltou os olhos imensos
Para a alma de Romeu:
"E tu?" — "Eu amei na vida[A]
Uma só vez, e subi
Daquela cruenta lida,
Senhor, a acolher-me em ti."
Das duas almas, a pura,
A formosa, olhando em face
A divindade ficou;
E a alma de Lovelace
De novo à terra baixou.

Daqui vem que a terra conta,
Por um decreto do céu,
Cem Lovelaces num dia
E em cem anos um Romeu.

Os deuses da Grécia

(Schiller)

Quando, co'os tênues vínculos de gozo,
Ó Vênus de Amatonte, governavas
Felices raças, encantados povos
    Dos fabulosos tempos;

Quando fulgia a pompa do teu culto,
E o templo ornavam delicadas rosas,
Ai! quão diverso o mundo apresentava
    A face aberta em risos!

Na poesia envolvia-se a verdade;
Plena vida gozava a terra inteira;
E o que jamais hão de sentir na vida
    Então sentiam homens.

Lei era repousar no amor; os olhos
Nos namorados olhos se encontravam;
Espalhava-se em toda a natureza
    Um vestígio divino.

Onde hoje dizem que se prende um globo
Cheio de fogo, — outrora conduzia
Hélios o carro de ouro, e os fustigados
    Cavalos espumantes.

Povoavam Oréades os montes,
No arvoredo Doríades viviam,[A]

E agreste espuma despejava em flocos
A urna das Danaides.

Refúgio de uma ninfa era o loureiro;
Tantália moça[12] as rochas habitava;
Suspiravam no arbusto e no caniço
Sirinx, Filomela.

Cada ribeiro as lágrimas colhia
De Ceres pela esquiva Persefone;
E do outeiro chamava inutilmente
Vênus o amado amante.

Entre as raças que o pio tessaliano
Das pedras arrancou, — os deuses vinham;
Por cativar uns namorados olhos
Apolo pastoreava.

Vínculo brando então o amor lançava
Entre os homens, heróis e os deuses todos;
Eterno culto ao teu poder rendiam,
Ó deusa de Amatonte!

Jejuns austeros, torva gravidade
Banidos eram dos festivos templos;
Que os venturosos deuses só amavam
Os ânimos alegres.

---

12. Referência a Níobe, filha de Tântalo, que foi transformada em rocha. [HG]

Só a beleza era sagrada outrora;
Quando a pudica Tiêmone mandava,
Nenhum dos gozos que o mortal respira
    Envergonhava os deuses.

Eram ricos palácios vossos templos;
Lutas de heróis, festins e o carro e a ode,
Eram da raça humana aos deuses vivos
    A jocunda homenagem.

Saltava a dança alegre em torno a altares;
Louros c'roavam numes; e as capelas
De abertas, frescas rosas, lhes cingiam
    A fronte perfumada.

Anunciava o galhofeiro Baco
O tirso de Evoé; sátiros fulvos
Iam tripudiando em seu caminho;
    Iam bailando as Mênades.

A dança revelava o ardor do vinho;
De mão em mão corria a taça ardente,
Pois que ao fervor dos ânimos convida
    A face rubra do hóspede.

Nenhum espectro hediondo ia sentar-se
Ao pé do moribundo. O extremo alento
Escapava num ósculo, e voltava
    Um gênio a tocha extinta.

E além da vida, nos infernos, era
Um filho de mortal quem sustentava

A severa balança; e co'a voz pia
    Vate ameigava as Fúrias.

Nos Elísios o amigo achava o amigo;
Fiel esposa ia encontrar o esposo;
No perdido caminho o carro entrava
    Do destro automedonte.

Continuava o poeta o antigo canto;
Admeto achava os ósculos de Alceste;
Reconhecia Pílades o sócio,
    E o rei tessálio as flechas.

Nobre prêmio o valor retribuía
Do que andava nas sendas da virtude;
Ações dignas do céu, filhas dos homens,
    O céu tinham por paga.

Inclinavam-se os deuses ante aquele
Que ia buscar-lhe algum mortal extinto;
E os gêmeos lá no Olimpo alumiavam
    O caminho ao piloto.

Onde és, mundo de risos e prazeres?
Por que não volves, florescente idade?
Só as musas conservam os teus divinos
    Vestígios fabulosos.

Tristes e mudos vejo os campos todos;
Nenhuma divindade aos olhos surge;
Dessas imagens vivas e formosas
    Só a sombra nos resta.

Do norte ao sopro frio e melancólico,
Uma por uma, as flores se esfolharam;
E desse mundo rútilo e divino
    Outro colheu despojos.

Os astros interrogo com tristeza,
Selene,[A] e não te encontro; à selva falo,
Falo à vaga do mar, e à vaga, e à selva,
    Inúteis vozes mando.

Da antiga divindade despojada,
Sem conhecer os êxtases que inspira,
Desse esplendor que eterno a fronte lhe orna
    Não sabe a natureza.

Nada sente, não goza do meu gozo;
Insensível à força com que impera,
O pêndulo parece condenado
    Às frias leis que o regem.

Para se renovar, abre hoje a campa,
Foram-se os numes ao país dos vates;
Das roupas infantis despida, a terra
    Inúteis os rejeita.

Foram-se os numes, foram-se; levaram
Consigo o belo, e o grande, e as vivas cores,
Tudo que outrora a vida alimentava,
    Tudo que é hoje extinto.

Ao dilúvio dos tempos escapando,
Nos recessos do Pindo se entranharam:
O que sofreu na vida eterna morte,
Imortalize a musa!

Livros e flores

Teus olhos são meus livros.
Que livro há aí melhor,
Em que melhor se leia
A página do amor?[A]
Flores me são teus lábios.
Onde há mais bela flor,
Em que melhor se beba
O bálsamo do amor?

Pássaros

(Versos escritos no álbum de Manuel de Araújo)[13]

> *Je veux changer mes pensées en oiseaux.*
> Clément Marot[14]

Olha como, cortando os leves ares,
Passam do vale ao monte as andorinhas;
Vão pousar na verdura dos palmares,
Que, à tarde, cobre transparente véu;
Voam também como essas avezinhas
Meus sombrios, meus tristes pensamentos;
Zombam da fúria dos contrários ventos,
Fogem da terra, acercam-se do céu.

Porque o céu é também aquela estância
Onde respira a doce criatura,
Filha de nosso amor, sonho da infância,   →

---

13. Manuel de Araújo foi um dos emigrantes portugueses com quem Machado de Assis estabeleceu forte amizade na década de 1860. A dedicatória do poema pode estar relacionada à perda da mulher amada, que Araújo informa a Machado numa carta de setembro de 1868, que pode ser lida em *Correspondência de Machado de Assis, tomo I: 1860-1869* (Rio de Janeiro: Academia Brasileira de Letras, 2008, p. 255). [HG]

14. "Quero transformar meus pensamentos em pássaros", em tradução livre do francês. Tais versos não foram encontrados nos escritos de Clément Marot. No entanto, com uma ligeira diferença na palavra "pensées", o trecho da epígrafe aparece no primeiro verso do primeiro terceto do soneto III, de Pierre de Ronsard, parte de "Le Premier Livre des amours" [O primeiro livro dos amores] (1552): "*Je veux changer mes pensers en oiseaux*". [AM]

Pensamento dos dias juvenis.
Lá, como esquiva flor, formosa e pura,
Vives tu escondida entre a folhagem,
Ó rainha do ermo, ó fresca imagem
Dos meus sonhos de amor calmo e feliz!

Vão para aquela estância, enamorados,
Os pensamentos de minh'alma ansiosa;
Vão contar-lhe os meus dias mal gozados
E estas noites de lágrimas e dor;
Na tua fronte pousarão, mimosa,
Como as aves no cimo da palmeira;
Dizendo aos ecos a canção primeira
De um livro escrito pela mão do amor.

Dirão também como conservo ainda
No fundo de minh'alma essa lembrança
Da tua imagem vaporosa e linda,
Único alento que me prende aqui.
E dirão mais que estrelas de esperança
Enchem a escuridão das noites minhas.
Como sobem ao monte as andorinhas,
Meus pensamentos voam para ti.

Cegonhas e rodovalhos[15]

(A Anísio Semprônio Rufo)
(Bouilhet)

Salve, rei dos mortais, Semprônio invicto,
Tu que estreaste nas romanas mesas
O rodovalho fresco e a saborosa
Pedirrubra cegonha!
Desentranhando os mármores de Frígia,
Ou já rompendo ao bronze o escuro seio,
Justo era que mandasse a mão do artista
Teu nobre rosto aos evos.

Porque fosses maior aos olhos pasmos
Das nações do Universo, ó pai dos molhos,
Ó pai das comezainas, em criar-te
Teu século esfalfou-se.
A tua vinda ao mundo prepararam
Os destinos, e acaso amiga estrela
Ao primeiro vagido de teus lábios
Entre nuvens luzia.

15. Este poema é uma tradução livre de "Cigognes et turbots",
do poeta francês Louis Bouilhet, dedicado a Asinius
Sempronius Rufus, publicado em *Poésies: Festons et astragales*
[Poesias: Festões e astrágalos] (1859). Machado de Assis
segue o assunto e a ordem dos versos; entretanto, o poema
em francês tem estrofes de seis versos, alexandrinos e de
oito sílabas, ao passo que esta versão em português tem
estrofes de oito versos, com decassílabos e hexassílabos. [HG]

Antes de ti, no seu vulgar instinto,
Que comiam Romanos? Carne insossa
Dos seus rebanhos vis, e uns pobres frutos,
  Pasto bem digno deles;
A escudela de pau outrora ornava,
Com o saleiro antigo, a mesa rústica,
A mesa em que, três séculos contados,
  Comeram senadores.

E quando, por salvar a pátria em risco,
Os velhos se ajuntavam, quantas vezes
O cheiro do alho enchia a antiga cúria,
  O pórtico sombrio,
Onde vencidos reis o chão beijavam;
Quantas, deixando em meio a malcozida,
A sem sabor chanfana, iam de um salto
  À conquista do mundo!

Ao voltar dos combates, vencedores,
Carga de glória a nau trazia ao porto,
Reis vencidos, tetrarcas subjugados,
  E rasgadas bandeiras...
Iludiam-se os míseros! Bem hajas,
Bem hajas tu, grande homem, que trouxeste
Na tua ovante barca à ingrata Roma
  Cegonhas, rodovalhos!

Maior que esse marujo que estripava,
Co'o rijo arpéu, as naus cartaginesas,
Tu, Semprônio, co'as redes apanhavas
  Ouriçado marisco;
Tu, glutão vencedor, cingida a fronte   →

Co'o verde mirto, a terra percorreste,
Por encontrar os fartos, os gulosos
    Ninhos de finos pássaros.

Roma desconheceu teu gênio, ó Rufo!
Dizem até (vergonha!) que negara
Aos teimosos desejos que nutrias
    O voto da pretura.
Mas a ti, que te importa a voz da turba?
Efêmero rumor que o vento leva
Como a vaga do mar. Não, não raiaram
    Os teus melhores dias.

Virão, quando aspirar a invicta Roma
As preguiçosas brisas do oriente;
Quando co'a mitra d'ouro, o descorado,
    O cidadão romano,
Pelo foro arrastar o tardo passo
E sacudir da toga roçagante,
Às virações os tépidos perfumes
    Como um sátrapa assírio.

Virão, virão, quando na escura noite
A orgia imperial encher o espaço
De viva luz, e embalsamar as ondas
    Com os seus bafos quentes;
Então do sono acordarás, e a sombra,
A tua sacra sombra irá pairando
Ao ruído das músicas noturnas
    Nas rochas de Capreia.[16]

---

16. A palavra "Capréa", atualizada aqui para "Capreia" e não
dicionarizada, pode ser uma adaptação do poeta para

Ó mártir dos festins! Queres vingança?
Tê-la-ás e à farta, à tua grã memória;
Vinga-te o luxo que domina a Itália;
        Ressurgirás ovante
Ao dia em que na mesa dos Romanos
Vier pompear o javali silvestre,
Prato a que der os finos molhos Troia
        E rouxinol as línguas.

"Capreae", referência à ilha de Capri, frequentada e exaltada pelos antigos romanos e associada a um lugar de desfrute. [HG]

A um legista

Tu foges à cidade?
Feliz amigo! Vão
Contigo a liberdade,
A vida e o coração.

A estância que te espera
É feita para o amor
Do sol co'a primavera,
No seio de uma flor.

Do paço de verdura
Transpõe-me esses umbrais;
Contempla a arquitetura
Dos verdes palmeirais.

Esquece o ardor funesto
Da vida cortesã;
Mais val que o teu Digesto
A rosa da manhã.

Rosa... que se enamora
Do amante colibri,
E desde a luz da aurora
Os seios lhe abre e ri.

Mas Zéfiro brejeiro
Opõe ao beija-flor

→

Embargos de terceiro
Senhor e possuidor.

Quer este possuí-la,
Também o outro a quer.
A pobre flor vacila,
Não sabe a que atender.

O sol, juiz tão grave
Como o melhor doutor,
Condena a brisa e a ave
Aos ósculos da flor.

Zéfiro ouve e apela.
Apela o colibri.[A]
No entanto a flor singela
Com ambos folga e ri.

Tal a formosa dama
Entre dous fogos, quer
Aproveitar a chama...
Rosa, tu és mulher!

Respira aqueles ares,
Amigo. Deita ao chão
Os tédios e os pesares.
Revive. O coração

É como o passarinho,
Que deixa sem cessar
A maciez do ninho
Pela amplidão do ar.

Pudesse eu ir contigo,
Gozar contigo a luz;
Sorver ao pé do amigo
Vida melhor e a flux!

Ir escrever nos campos,
Nas folhas dos rosais,
E à luz dos pirilampos,
Ó Flora, os teus jornais!

Da estrela que mais brilha
Tirar um raio, e então
Fazer a *gazetilha*
Da imensa solidão.

Vai tu que podes. Deixa
Os que não podem ir,
Soltar a inútil queixa,
Mudar é reflorir.

O verme

Existe uma flor que encerra
Celeste orvalho e perfume.
Plantou-a em fecunda terra
Mão benéfica de um nume.

Um verme asqueroso e feio,
Gerado em lodo mortal,
Busca esta flor virginal
E vai dormir-lhe no seio.

Morde, sangra, rasga e mina,
Suga-lhe a vida e o alento;
A flor o cálix inclina;
As folhas, leva-as o vento,

Depois, nem resta o perfume
Nos ares da solidão...
Esta flor é o coração,
Aquele verme o ciúme.

Estâncias a Ema

(Alex*andre* Dumas, Filho)

I

Saímos, ela e eu, dentro de um carro,
Um ao outro abraçados; e como era
Triste e sombria a natureza em torno,
Ia conosco a eterna primavera.

No cocheiro fiávamos a sorte
Daquele dia, o carro nos levava
Sem ponto fixo onde aprouvesse ao homem;
Nosso destino em suas mãos estava.

Quadrava-lhe Saint-Cloud. Eia! pois vamos!
É um sítio de luz, de aroma e riso.
Demais, se as nossas almas conversavam,
Onde estivessem era o paraíso.

Fomos descer junto ao portão do parque.
Era deserto e triste e mudo; o vento
Rolava nuvens cor de cinza; estavam
Seco o arbusto, o caminho lamacento.

Rimo-nos tanto, vendo-te, ó formosa,
(E felizmente ninguém mais te via!)
Arregaçar a ponta do vestido
Que o lindo pé e a meia descobria!

Tinhas o gracioso acanhamento
Da fidalga gentil pisando a rua;
Desafeita ao andar, teu passo incerto
Deixava conhecer a raça tua.

Uma das tuas mãos alevantava
O vestido de seda; as saias finas
Iam mostrando as rendas e os bordados,
Lambendo o chão, molhando-te as botinas.

Mergulhavam teus pés a cada instante,
Como se o chão quisesse ali guardá-los.
E que afã! Mal podíamos nós ambos
Da cobiçosa terra libertá-los.

Doce passeio aquele! E como é belo
O amor no bosque, em tarde tão sombria!
Tinhas os olhos úmidos, — e a face
A rajada do inverno enrubescia.

Era mais belo que a estação das flores;
Nenhum olhar nos espreitava ali;
Nosso era o parque, unicamente nosso;
Ninguém! estava eu só ao pé de ti!

Perlustramos as longas avenidas
Que o horizonte cinzento limitava,
Sem mesmo ver as deusas conhecidas
Que o arvoredo sem folhas abrigava.

O tanque, onde nadava um níveo cisne
Placidamente, — o passo nos deteve;

Era a face do lago uma esmeralda
Que refletia o cisne alvo de neve.

Veio este a nós, e como que pedia
Alguma cousa, uma migalha apenas;
Nada tinhas que dar; a ave arrufada
Foi-se cortando as águas tão serenas.

E nadando parou junto ao repuxo
Que de água viva aquele tanque enchia;
O murmúrio das gotas que tombavam
Era o único som que ali se ouvia.

Lá ficamos tão juntos um do outro,
Olhando o cisne e escutando as águas;
Vinha a noite; a sombria cor do bosque
Emoldurava as nossas próprias mágoas.

Num pedestal, onde outras frases ternas,
A mão de outros amantes escreveu,
Fui traçar, meu amor, aquela data
E junto dela pôr o nome teu!

Quando o estio volver àquelas árvores,
E à sombra delas for a gente a flux,
E o tanque refletir as folhas novas,
E o parque encher-se de murmúrio e luz,

Irei um dia, na estação das flores,
Ver a coluna onde escrevi teu nome,
O doce nome que minha alma prende,
E que o tempo, quem sabe? já consome!

Onde estarás então? Talvez bem longe,
Separada de mim, triste e sombrio;
Talvez tenhas seguido a alegre estrada,
Dando-me áspero inverno em pleno estio.

Porque o inverno não é o frio e o vento,
Nem a erma alameda que ontem vi;
O inverno é o coração sem luz, nem flores,
É o que eu hei de ser longe de ti!

II

Correu um ano desde aquele dia
Em que fomos ao bosque, um ano, sim!
Eu já previa o fúnebre desfecho
Desse tempo feliz, — triste de mim!

O nosso amor nem viu nascer as flores;
Mal aquecia um raio de verão
Para sempre, talvez, das nossas almas
Começou a cruel separação.

Vi esta primavera em longes terras,
Tão ermo de esperança e de amores,
Olhos fitos na estrada, onde esperava
Ver-te chegar, como a estação das flores.

Quanta vez meu olhar sondou a estrada
Que entre espesso arvoredo se perdia,
Menos triste, inda assim, menos escuro
Que a dúvida cruel que me seguia!

Que valia esse sol abrindo as plantas
E despertando o sono das campinas?
Inda mais altas que as searas louras,
Que valiam as flores peregrinas?

De que servia o aroma dos outeiros?
E o canto matinal dos passarinhos?
Que me importava a mim o arfar da terra,
E nas moutas em flor os verdes ninhos?

O sol que enche de luz a longa estrada,
Se me não traz o que minh'alma espera,
Pode apagar seus raios sedutores:
Não é o sol, não é a primavera!

Margaridas, caí, morrei nos campos,
Perdei o viço e as delicadas cores;
Se ela vos não aspira o hálito brando,
Já o verão não sois, já não sois flores!

Prefiro o inverno desfolhado e mudo,
O velho inverno, cujo olhar sombrio
Mal se derrama nas cerradas trevas,
E vai morrer no espaço úmido e frio.

É esse o sol das almas desgraçadas;
Venha o inverno, somos tão amigos!
Nossas tristezas são irmãs em tudo:
Temos ambos o frio dos jazigos!

Contra o sol, contra Deus, assim falava
Dês que assomavam matinais albores; →

Eu aguardava as tuas doces letras
Com que ao céu perdoasse as belas cores!

Iam assim, um após outro, os dias.
Nada. — E aquele horizonte tão fechado
Nem deixava chegar aos meus ouvidos
O eco longínquo do teu nome amado.

Só, durante seis meses, dia e noite
Chamei por ti na minha angústia extrema;
A sombra era mais densa a cada passo,
E eu murmurava sempre: — Oh! minha Ema!

Um quarto de papel — é pouca cousa;
Quatro linhas escritas — não é nada;
Quem não quer escrever colhe uma rosa,
No vale aberta, à luz da madrugada.

Mandam-se as folhas num papel fechado;
E o proscrito, ansiando de esperança,
Pode entreabrir nos lábios um sorriso
Vendo naquilo uma fiel lembrança.

Era fácil fazê-lo e não fizeste!
Meus dias eram mais desesperados.
Meu pobre coração ia secando
Como esses frutos no verão guardados.

Hoje, se o comprimissem, mal deitava
Uma gota de sangue; nada encerra.
Era uma taça cheia: uma criança,
De estouvada que foi, deitou-a em terra!

É este o mesmo tempo, o mesmo dia.
Vai o ano tocando quase ao fim;
É esta a hora em que, formosa e terna,
Conversavas de amor, junto de mim.

O mesmo aspecto: as ruas estão ermas,
A neve coalha o lago preguiçoso;
O arvoredo gastou as roupas verdes,
E nada o cisne triste e silencioso.

Vejo ainda no mármore o teu nome,
Escrito quando ali comigo andaste.
Vamos! Sonhei, foi um delírio apenas,
Era um louco, tu não me abandonaste!

O carro espera: vamos. Outro dia,
Se houver bom tempo, voltaremos, não?
Corre este véu sobre teus olhos lindos,
Olha não caias, dá-me a tua mão!

Choveu: a chuva umedeceu a terra.
Anda! Ai de mim! Em vão minh'alma espera.
Estas folhas que eu piso em chão deserto
São as folhas da outra primavera!

Não, não estás aqui, chamo-te embalde!
Era ainda uma última ilusão.
Tão longe desse amor fui inda o mesmo,
E vivi dous invernos sem verão.

Porque o verão não é aquele tempo
De vida e de calor que eu não vivi;
É a alma entornando a luz e as flores,
É o que hei de ser ao pé de ti!

Un vieux pays[17]

> *...juntamente choro e rio.*
> Camões, soneto[18]

Il est un vieux pays, plein d'ombre et de lumière,
Où l'on rêve le jour, où l'on pleure le soir;
Un pays de blasphème, autant que de prière,
    Né pour le doute et pour l'espoir.

On n'y voit point de fleurs sans un ver qui les ronge
Point de mer sans tempête, ou de soleil sans nuit;
Le bonheur y paraît quelquefois dans un songe
    Entre les bras du sombre ennui.

L'amour y va souvent, mais c'est tout un délire,
Un désespoir sans fin, une énigme sans mot;
Parfois il rit gaîment, mais de cet affreux rire
    Qui n'est peut-être qu'un sanglot.

---

17. Há uma tradução deste poema para o português, feita por
Joaquim Serra, que o próprio Machado de Assis incluiu em
nota na edição de 1870, reproduzida aqui nas pp. 187-8. [HG]
18. A epígrafe foi retirada do primeiro quarteto do nono
soneto das *Rhythmas* (1595), de Luís de Camões, cujo título
foi modernizado para *Rimas* na segunda edição, de 1598.
Machado de Assis inicia sua epígrafe com as reticências
provavelmente para indicar o corte no verso: "Sem causa
juntamente choro, & rio". [AM]

On va dans ce pays de misère et d'ivresse,
Mais on le voit à peine, on en sort, on a peur;
Je l'habite pourtant, j'y passe ma jeunesse...
    Hélas! ce pays, c'est mon cœur.

A morte de Ofélia

(Paráfrase)

Junto ao plácido rio
Que entre margens de relva e fina areia
Murmura e serpenteia,
O tronco se levanta,
O tronco melancólico e sombrio
De um salgueiro. Uma fresca e branda aragem
Ali suspira e canta,
Abraçando-se à trêmula folhagem
Que se espelha na onda voluptuosa.
Ali a desditosa,
A triste Ofélia foi sentar-se um dia.
Enchiam-lhe o regaço umas capelas
Por suas mãos tecidas
De várias flores belas,
Pálidas margaridas,
E rainúnculos, e essas outras flores
A que dá feio nome o povo rude,
E a casta juventude
Chama — dedos da morte. — O olhar celeste
Alevantando aos ramos do salgueiro,
Quis ali pendurar a of'renda agreste.
Num galho traiçoeiro
Firmara os lindos pés, e já seu braço,
Os ramos alcançando,
Ia depor a of'renda peregrina
De suas flores, quando
Rompendo o apoio escasso, →

A pálida menina
Nas águas resvalou; foram com ela
Os seus — dedos da morte — e as margaridas.
As vestes estendidas
Algum tempo a tiveram sobre as águas,
Como sereia bela,
Que abraça ternamente a onda amiga.
Então, abrindo a voz harmoniosa,
Não por chorar as suas fundas mágoas,
Mas por soltar a nota deliciosa
De uma canção antiga,
A pobre naufragada
De alegres sons enchia os ares tristes,
Como se ali não visse a sepultura,
Ou fosse ali criada.
Mas de súbito as roupas embebidas
Da linfa calma e pura
Levam-lhe o corpo ao fundo da corrente,
Cortando-lhe no lábio a voz e o canto.
As águas homicidas,
Como a laje de um túmulo recente,
Fecharam-se; e sobre elas,
Triste emblema de dor e de saudade,
Foram nadando as últimas capelas.

Luz entre sombras

É noite medonha e escura,
Muda como o passamento,[A]
Uma só no firmamento
Trêmula estrela fulgura.

Fala aos ecos da espessura
A chorosa harpa do vento,
E num canto sonolento
Entre as árvores murmura.

Noite que assombra a memória,
Noite que os medos convida,
Erma, triste, merencória.

No entanto... minh'alma olvida
Dor que se transforma em glória,
Morte que se rompe em vida.

Lira chinesa

ooooooo

Lira chinesa

I

Coração triste falando ao sol
(Imitado de Su-Tchon)

No arvoredo sussurra o vendaval do outono,
Deita as folhas à terra, onde não há florir
E eu contemplo sem pena esse triste abandono;
Só eu as vi nascer, vejo-as só eu cair.

Como a escura montanha, esguia e pavorosa
Faz, quando o sol descamba, o vale enoitecer,
A montanha da alma, a tristeza amorosa,
Também de ignota sombra enche todo o meu ser.

Transforma o frio inverno a água em pedra dura,
Mas torna a pedra em água um raio de verão;
Vem, ó sol, vem, assume o trono teu na altura,
Vê se podes fundir meu triste coração.

II
A folha do salgueiro
(Tchan-Tiú-Lin)

Amo aquela formosa e terna moça
Que, à janela encostada, arfa e suspira;
Não porque tem do largo rio à margem
    Casa faustosa e bela.

Amo-a, porque deixou das mãos mimosas
Verde folha cair nas mansas águas.

Amo a brisa de leste que sussurra,
Não porque traz nas asas delicadas
O perfume dos verdes pessegueiros
    Da oriental montanha.

Amo-a porque impeliu co'as tênues asas
Ao meu batel a abandonada folha.

Se amo a mimosa folha aqui trazida,
Não é porque me lembre à alma e aos olhos
A renascente, a amável primavera,
    Pompa e vigor dos vales.

Amo a folha por ver-lhe um nome escrito,
Escrito, sim, por ela, e esse... é meu nome.

III
O poeta a rir
(Han-Tiê)

Taça d'água parece o lago ameno;
Têm os bambus a forma de cabanas,
Que as árvores em flor, mais altas, cobrem
Com verdejantes tetos.

As pontiagudas rochas entre flores,
Dos pagodes o grave aspecto ostentam...
Faz-me rir ver-te assim, ó natureza,
Cópia servil dos homens.

IV
A uma mulher
(Tchê-Tsi)

Cantigas modulei ao som da flauta,
      Da minha flauta d'ébano;
Nelas minh'alma segredava à tua
      Fundas, sentidas mágoas.

Cerraste-me os ouvidos. Namorados
      Versos compus de júbilo,
Por celebrar teu nome, as graças tuas,
      Levar teu nome aos séculos.

Olhaste, e meneando a airosa frente,
      Com tuas mãos puríssimas,
Folhas em que escrevi meus pobres versos
      Lançaste às ondas trêmulas.

Busquei então por encantar tu'alma
      Uma safira esplêndida,
Fui depô-la a teus pés... tu descerraste
      Da tua boca as pérolas.

V
O imperador
(Thu-Fu)

Olha. O Filho do Céu, em trono de ouro,
E adornado com ricas pedrarias,
Os mandarins escuta: — um sol parece
    De estrelas rodeado.

Os mandarins discutem gravemente
Cousas muito mais graves. E ele? Foge-lhe
O pensamento inquieto e distraído
    Pela janela aberta.

Além, no pavilhão de porcelana,
Entre donas gentis está sentada
A imperatriz, qual flor radiante e pura
    Entre viçosas folhas.

Pensa no amado esposo, arde por vê-lo,
Prolonga-se-lhe a ausência, agita o leque...
Do imperador ao rosto um sopro chega
    De recendente brisa.

"Vem dela este perfume", diz, e abrindo
Caminho ao pavilhão da amada esposa,
Deixa na sala olhando-se em silêncio
    Os mandarins pasmados.

VI
O leque
(De-Tan-Jo-Lu)

Na perfumada alcova a esposa estava,
Noiva ainda na véspera. Fazia
Calor intenso; a pobre moça ardia
Com fino leque as faces refrescava.
Ora, no leque em boa letra feito
      Havia este conceito:

"Quando, imóvel o vento e o ar pesado,
      Arder o intenso estio,
Serei por mão amiga ambicionado;
      Mas volte o tempo frio,
Ver-me-eis a um canto logo abandonado."

Lê a esposa este aviso, e o pensamento
      Volve ao jovem marido.
"Arde-lhe o coração neste momento
(Diz ela) e vem buscar enternecido
Brandas auras de amor. Quando mais tarde
      Tornar-se em cinza fria
      O fogo que hoje lhe arde,
Talvez me esqueça e me desdenhe um dia."

VII
As flores e os pinheiros
(Tin-Tun-Sing)

Vi os pinheiros no alto da montanha
  Ouriçados e velhos;
E ao sopé da montanha, abrindo as flores
  Os cálices vermelhos.

Contemplando os pinheiros da montanha,
  As flores tresloucadas
Zombam deles enchendo o espaço em torno
  De alegres gargalhadas.

Quando o outono voltou, vi na montanha
  Os meus pinheiros vivos,
Brancos de neve, e meneando ao vento
  Os galhos pensativos.

Volvi o olhar ao sítio onde escutara
  Os risos mofadores;
Procurei-as em vão; tinham morrido
  As zombeteiras flores.

VIII
Reflexos
(Thu-Fu)

Vou rio abaixo vogando
No meu batel e ao luar;
Nas claras águas fitando,
    Fitando o olhar.

Das águas vejo no fundo,
Como por um branco véu,
Intenso, calmo, profundo,
    O azul do céu.

Nuvem que no céu flutua,
Flutua n'água também;
Se a lua cobre, à outra lua
    Cobri-la vem.

Da amante que me extasia,
Assim, na ardente paixão,
As raras graças copia
    Meu coração.

Uma ode
de Anacreonte

(Quadro antigo)

○○○○○○○○

A
Manuel de Melo

Personagens

LÍSIAS
CLEON
MIRTO
TRÊS ESCRAVOS

A cena é em Samos.

Uma ode de Anacreonte

*(Sala de festim em casa de Lísias. À esquerda
a mesa do festim; à direita uma mesa tendo
em cima uma lâmpada apagada, e junto da
alâmpada um rolo de papiro.)*

Cena I

LÍSIAS, CLEON, MIRTO

*(Estão no fim de um banquete, os dous homens
deitados à maneira antiga, Mirto sentada
entre os dous leitos. Três escravos.)*

LÍSIAS

Melancólica estás, bela Mirto. Bebamos!
Aos prazeres!

CLEON

Eu bebo à memória de Samos.
Samos vai terminar os seus dourados dias;
Adeus, terra em que achei consolo às agonias
Da minha mocidade; adeus, Samos, adeus!

MIRTO

Querem-lhe os deuses mal?

CLEON

Não; dous olhos, os teus.

LÍSIAS

Bravo, Cleon!

MIRTO

Poeta! os meus olhos?

CLEON

São lumes
Capazes de abrasar até os próprios numes.
Samos é nova Troia, e tu és outra Helena.[A]
Quando Lesbos, a mãe de Safo, a ilha amena,
Não vir a bela Mirto, a alegre cortesã,
Armar-se-á contra nós.

LÍSIAS

Lesbos é boa irmã.

MIRTO

Outras belezas tem, dignas da loura Vênus.

CLEON

Menos dignas que tu.

MIRTO

Mais do que eu.

LÍSIAS

Muito menos.

CLEON

Tens vergonha de ser formosa e festejada,
Mirto? Vênus não quer beleza envergonhada.
Pois que dos imortais houveste esse condão
De inspirar quantos vês, inspira-os, Mirto.

MIRTO

                                    Não;
São teus olhos, poeta; eu não tenho a beleza
Que arrasta corações.

CLEON

            Divina singeleza!

LÍSIAS

            (*à parte*)
Vejo através do manto as galas da vaidade.
            (*alto*)
Vinho, escravo!
            (*O escravo deita vinho na taça de Lísias.*)
            Poeta, um brinde à mocidade.
Trava da lira e invoca o deus inspirador.

CLEON

"Feliz quem junto a ti, ouve a tua fala, amor!"

MIRTO

Versos de Safo!

CLEON

        Sim.

LÍSIAS

Vês? é modéstia pura.
Ele é na poesia o que és na formosura.
Faz versos de primor e esconde-os ao profano;
Tem vergonha. Eu não sei se o vício é lesbiano...

MIRTO

Ah! tu és...

CLEON

Lesbos foi minha pátria também,
Lesbos, a flor do Egeu.

MIRTO

Já não é?

CLEON

Lesbos tem
Tudo o que me fascina e tudo o que me mata:
As festas do prazer e os olhos de uma ingrata.
Fugi da pátria e achei, já curado e tranquilo,
Em Lísias um irmão, em Samos um asilo.
Bem hajas tu que vens encher-me o coração!

LÍSIAS

Insaciável! Não tens em Lísias um irmão?

MIRTO

Volto à pátria.

CLEON

Pois quê! tu vais?

MIRTO

Em poucos dias...

LÍSIAS

Fazes mal; tens aqui os moços e as folias,
O gozo, a adoração; que te falta?

MIRTO

Os meus ares.

CLEON

A que vieste então?

MIRTO

Sucessos singulares.
Vim por acompanhar Lísicles, mercador
De Naxos; tanto pode a constância no amor!
Corremos todo o Egeu e a costa iônia; fomos
Comprar o vinho a Creta e a Tênedos os pomos.
Ah! como é doce o amor na solidão das águas!
Tem-se vida melhor; esquecem-se-lhe as mágoas.
Zéfiro ouviu por certo os ósculos febris,
Os júbilos do afecto; as falas juvenis;
Ouviu-os, delatou ao deus que o mar governa
A indiscreta ventura, a efusão doce e terna.
Para a fúria acalmar da sombria deidade,
Nave e bens varreu tudo a horrível tempestade.
Foi assim que eu perdi a Lísicles, assim
Que eu semimorta e fria à tua plaga vim.

CLEON

Ó coitada!

LÍSIAS

O infortúnio os ânimos apura;
As feridas que faz o mesmo Amor as cura;
Brandem armas iguais Aquiles e Cupido.
Queres ver noutro amor o teu amor perdido?
Samos o tem de sobra.

CLEON

Eu, Mirto, eu sei amar;
Não fio o coração da inconstância do mar.
Não tenho galeões rompendo o seio a Tétis,
Estrada tanta vez ao torvo e obscuro Letes.
Aqui me tens; sou teu; escreve a minha sorte;
Podes doar-me a vida ou decretar-me a morte.

MIRTO

Mas se eu volto...

CLEON

Pois bem! aonde quer que te vás
Irei contigo; a deusa indômita e falaz
Ser-me-á hóspede amiga; ao pé de ti a escura
Noite parece aurora, e é berço a sepultura.

MIRTO

Quando fala o dever, a vontade obedece;
Eu devo ir só; tu fica, ama-me um pouco e esquece.

LÍSIAS

Tens razão, bela Mirto; escuta o teu dever.

CLEON

Ai! é fácil amar, difícil esquecer.

LÍSIAS

(*a Mirto*)

Queres pôr termo à festa? Um brinde a Vênus, filha
Do mar azul, beleza, encanto, maravilha;
Nascida para ser perpetuamente amada.
A Vênus!

> (*Depois do brinde os escravos trazem os vasos*
> *com água perfumada em que os convivas*
> *lavam as mãos; os escravos saem levando os*
> *restos do banquete. Levantam-se todos.*)

Queres tu, mimosa naufragada,
Ouvir de hemônia[19] serva, em lira de marfim,
Uma alegre canção? Preferes o jardim?
O pórtico talvez?

MIRTO

Lísias, sou indiscreta;
Quisera antes ouvir a voz do teu poeta.

LÍSIAS

Nume não pede, impõe.

CLEON

O mando é lisonjeiro.

19. Hemônia é uma antiga denominação da Tessália, região da
  Grécia, e se refere indiretamente a Hêmon, filho de Creonte
  e Eurídice. [HG]

LÍSIAS

Pois começa.

Cena II

OS MESMOS, UM ESCRAVO

ESCRAVO

Procura a Mirto um mensageiro.

MIRTO

Um mensageiro! a mim!

LÍSIAS

Manda-o entrar.

ESCRAVO

Não quer.

LÍSIAS

Vai, Mirto.

MIRTO

(*saindo*)

Volto já.

(*Sai o escravo.*)

Cena III

LÍSIAS, CLEON

CLEON

(*olhando para o lugar por onde Mirto saiu*)
Oh! deuses! que mulher!

LÍSIAS

Ah! que pérola rara!

CLEON

Onde a encontraste?

LÍSIAS

Achei-a
Com Partênis que dava uma esplêndida ceia;
Partênis, ex-bonita, ex-jovem, ex-da moda,
Sabes que vê fugir-lhe a enfastiada roda;
E, para não perder o grupo adorador,
Fez do templo deserto uma escola de amor.
Foi ela quem achou a náufraga perdida,
Exposta ao vento e ao mar, quase a expirar-lhe a vida.
A beleza pagava o emprego de uma esmola;
Dentro em pouco era Mirto a flor de toda a escola.

CLEON

Lembrou-te convidá-la então para um festim?

LÍSIAS

Foi um pouco por ela e um pouco mais por mim.

CLEON

Também amas?

LÍSIAS

Eu? não. Quis ter à minha mesa
Vênus e o louro Apolo, a poesia e a beleza.

CLEON

Oh! a beleza, sim! Viste já tanta graça,
Tão celestes feições?

LÍSIAS

Cuidado! Aquela caça
Zomba dos tiros vãos de ingênuo caçador!

CLEON

Incrédulo!

LÍSIAS

Eu sou mestre em matéria de amor
Se tu atento e calmo a narração lhe ouvisses
Conheceras melhor o engenho desta Ulisses.
Aquele ardente amor a Lísicles, aquele
Fundo e intenso pesar que à sua pátria a impele,
Armas são com que a astuta os ânimos seduz.

CLEON

Oh! não creio.

LÍSIAS

Por quê?

CLEON

Não vês como lhe luz
Tanta expressão sincera em seus olhos divinos?

LÍSIAS

Sim, têm muita expressão... para iludir meninos.

CLEON

Pois tu não crês?

LÍSIAS

Em quê? No naufrágio? Decerto.
Em Lísicles? Talvez. No amor? é mais incerto.
Na intenção de voltar a Lesbos? isso não!
Sabes o que ela quer? Prender um coração.

CLEON

Impossível!

LÍSIAS

Poeta! estás na alegre idade
Em que a ciência da vida é a credulidade.
Vês tudo azul e em flor; eu já me não iludo.
Pois amar cortesãs! isso demanda estudo,
Não vai assim, que as tais abelhitas do amor
Correm de bolsa em bolsa e não de flor em flor.

CLEON

Mas não as amas tu?

LÍSIAS

Decerto... à minha moda;

Meu grande coração co'os vícios se acomoda;
Sacrifícios de amor não sonha nem procura;
Não lhes pede ilusões, pede-lhes só ternura.
Não me empenho em achar alma ungida no céu:
Se é crime este sentir; confesso-me, sou réu.
Não peço amor ao vinho; irei pedi-lo às damas?
Delas e dele exijo apenas estas chamas
Que ardem sem consumir, na pira dos desejos.
Assim é que eu estimo as ânforas e os beijos.
Lá protestos de boca, eternos e leais,
Tudo isso é fumo vão. Que queres? Os mortais
Somos todos assim.

CLEON

    Ai, os mortais! dize antes
Os filósofos maus, ridículos pedantes,
Os que não sabem crer, os fartos já de amores,
Esses sim. Os mortais!

LÍSIAS

    Refreia os teus furores,
Poeta; eu não quisera amargurar-te, e enfim
Não podia supor que a amasses tanto assim.
Cáspite! Vais depressa!

CLEON

    Ai, Lísias, é verdade.
Amo-a, como não amo a vida e a mocidade;
De que modo nasceu esta afeição que encerra
Todo o meu ser, ignoro. Acaso sabe a terra
Por que é mais bela ao sol e às auras matinais?
Amores estes são terríveis e fatais.

LÍSIAS

Vês com olhos do céu cousas que são do mundo;
Acreditas achar esse afecto profundo,
Nestas filhas do mal! Se a todo o transe queres
Obter a casta flor dos célicos prazeres,
Deixa a alegre Corinto e todo o luxo seu;
Outro porto acharás: procura o Gineceu.
Escolhe aquele amor doce, inocente e puro,
Que inda não tem passado e vive do futuro.
Para mim, já to disse, o caso é diferente;
Não me importa um nem outro; eu vivo no presente.

CLEON

Deu-te amiga Fortuna um grande cabedal:
Viver, sem ilusões, no bem como no mal;
Não conhecer o amor que morde, que se nutre
Do nosso sangue, o amor funesto, o amor abutre;
Não beber gota a gota este brando veneno
Que requeima e destrói; não ver em mar sereno
Subitamente erguer-se a voz dos aquilões.
Afortunado és tu.

LÍSIAS

Lei de compensações!
Sou filósofo mau, ridículo pedante,
Mas invejas-me a sorte; oh! lógica de amante.

CLEON

É a do coração.

LÍSIAS

Terrível mestre!

CLEON

Ensina
Dos seres imortais a transfusão divina!

LÍSIAS

A lição é profunda e escapa ao meu saber;
Outra escola professo, a escola do prazer!

CLEON

Tu não tens coração.

LÍSIAS

Tenho, mas não me iludo[A]
É Circe que perdeu o encanto e a juventude.

CLEON

Velho Sátiro!

LÍSIAS

Justo: um semideus silvestre.
Nestas cousas do amor nunca tive outro mestre.
Tu gostas de chorar; eu cá prefiro rir.
Três artigos da lei: gozar, beber, dormir.

CLEON

Compras com isso a paz; a mim coube-me o tédio,
A solidão e a dor.

LÍSIAS

Queres um bom remédio,
Um filtro da Tessália, um bálsamo infalível?
Esquece[B] empresas vãs, não tentes o impossível;

Prende o teu coração nos laços de Himeneu;
Casa-te; encontrarás o amor no gineceu.
Mas cortesãs! jamais! São Górgones! Medusas!

CLEON

Essas que conheceste e tão severo acusas
— Pobres moças! — não são o universal modelo;
De outras sei a quem coube um coração singelo,
Que preferem a tudo a glória singular
De conhecer somente a ciência de amar;
Capazes de sentir o ardor da intensa chama
Que eleva, que resgata a vida que as infama.

LÍSIAS

Se achares tal milagre, eu mesmo irei pedir-to.

CLEON

Basta um passo, achá-lo-ei.

LÍSIAS

Bravo! chama-se?

CLEON

Mirto,

Que pode conquistar até o amor de um deus!

LÍSIAS

Crês nisso?

CLEON

Por que não?

LÍSIAS

Tu és um néscio; adeus!

Cena IV

CLEON

Vai, céptico! tu tens o vício da riqueza:
Farto, não crês na fome... A minha singeleza
Faz-te rir; tu não vês o amor que absorve e mata;
Mirto, vinga-me tu da calúnia insensata;
Amemo-nos. É ela!

Cena V

CLEON, MIRTO

MIRTO

Estás triste!

CLEON

Oh! que não!
Mas deslumbrado, sim, como se uma visão...

MIRTO

A visão vai partir.

CLEON

Mas muito tarde...

MIRTO

Breve.

CLEON

Quem te chama?

MIRTO

O destino. Adivinha quem me escreve?

CLEON

Tua mãe.

MIRTO

Já morreu.

CLEON

Algum antigo amante?

MIRTO

Lísicles.

CLEON

Vive?[A]

MIRTO

Sim. Depois de andar errante

Numa tábua, à mercê das ondas, quis o céu
Que viesse encontrá-lo um barco do Pireu.
Pobre Lísicles! teve em tão cruenta lida
A dor da minha morte e a dor da própria vida.
Em vão interrogava o mar cioso e mudo.
Perdera, de uma vez, numa só noite, tudo.
A ventura, a esperança, o amor, e perdeu mais:
Naufragaram com ele os poucos cabedais.
Entrou em Samos pobre, inquieto, semimorto.
Um barqueiro, que a tempo atravessava o porto,
Disse-lhe que eu vivia, e contou-lhe a aventura
Da malfadada Mirto.

CLEON

É isso, a sorte escura

Voltou-se[A] contra mim; não consente, não quer
Que eu me farte de amor no amor de uma mulher.
Vejo em cada paixão o fado que me oprime;
O amar é já sofrer a pena do meu crime.
Ixion foi mais audaz amando a deusa augusta;
Transpôs o obscuro lago e sofre a pena justa;
Mas eu não. Antes de ir às regiões infernais
São as graças comigo Eumênides fatais!

MIRTO

Caprichos de poeta! Amor não falta às damas;
Damas, tem-las aqui; inspira-lhe estas chamas.

CLEON

Impõe-se[B] leis ao mar? O coração é isto;
Ama o que lhe convém; convém amar a Egisto
Clitemnestra; convém a Cíntia Endimião;

É caprichoso e livre o mar do coração;
De outras sei que eu houvera em meus versos cantado;
Não lhes quero... não posso.

MIRTO

Ai, triste enamorado!

CLEON

E tu zombas de mim!

MIRTO

Eu zombar? Não; lamento
A tua acerba dor, o teu fatal tormento.
Não conheço eu também esse cruel penar?
Só dous remédios tens: esquecer, esperar.
De quanto almeja e quer o amor nem tudo alcança;
Contenta-se ao nascer co'as auras da esperança;
Vive da própria mágoa; a própria dor o alenta.

CLEON

Mas, se a vida é tão curta, a agonia é tão lenta!

MIRTO

Não sabes esperar? Então cumpre esquecer.
Escolhe entre um e outro; é preciso escolher.

CLEON

Esquecer? sabes tu, Mirto, se a alma esquece
O prazer que a fulmina, e a dor que a fortalece?

MIRTO

Tens na ausência e no tempo os velhos pais do olvido,
O bem não alcançado é como o bem perdido,
Pouco a pouco se esvai na mente e coração;
Põe o mar entre nós... dissipa-se a ilusão.

CLEON

Impossível!

MIRTO

Então espera; algumas vezes
A fortuna transforma em glórias os reveses.

CLEON

Mirto, valem bem pouco as glórias já tardias.

MIRTO

Um só dia de amor compensa estéreis dias.

CLEON

Compensará, mas quando? A mocidade em flor
Bem cedo morre, e é essa a que convém a amor.
Vejo cair no ocaso o sol da minha vida.

MIRTO

Cabeça de poeta, exaltada e perdida!
Pensas estar no ocaso o sol que mal desponta?

CLEON

A clepsidra do amor não conta as horas, conta
As ilusões; velhice é perdê-las assim;
Breve a noite abrirá seus véus por sobre mim.

MIRTO

Não hás de envelhecer; as ilusões contigo
Flores são que respeita Éolo brando e amigo.
Guarda-as, talvez um dia, e não tarde, as colhamos.

CLEON

Se eu a Lesbos não vou.

MIRTO

Podem colher-se em Samos.

CLEON

Voltas breve?

MIRTO

Não sei.

CLEON

Oh! sim, deves voltar!

MIRTO

Tenho medo.

CLEON

De quê?

MIRTO

Tenho medo... do mar.

CLEON

Teu sepulcro já foi; o medo é justo; fica.
Lesbos é para ti mais formosa, é mais rica.

Mas a pátria é o amor; o amor transmuda os ares.
Muda-se o coração? Mudam-se os nossos lares.
Da importuna memória o teu passado exclui;
Vida nova nos chama, outro céu nos influi.
Fica; eu disfarçarei com rosas este exílio;
A vida é um sonho mau: façamo-la um idílio.
Cantarei a teus pés a nossa mocidade,
A beleza que impõe, o amor que persuade.
Vênus que faz arder o fogo da paixão,
Teu olhar, doce luz que vem do coração.
Péricles não amou com tanto ardor a Aspásia,
Nem esse que morreu entre as pompas da Ásia,
A Laís siciliana. Aqui as Horas belas
Tecerão para ti vivíssimas capelas.
Nem morrerás; teu nome em meus versos há de ir,
Vencendo o tempo e a morte, aos séculos por vir.

MIRTO

Tanto me queres tu!

CLEON

Imensamente. Anseio
Por sentir, bela Mirto, arfar teu brando seio,
Bater teu coração, tremer teu lábio puro,
Todo viver de ti.

MIRTO
Confia no futuro.

CLEON

Tão longe!

MIRTO

Não, bem perto.

CLEON

Ah! que dizes?

MIRTO

Adeus!
(*passa junto da mesa da direita e vê o rolo de papiro*)
Curiosa que sou!

CLEON

São versos.

MIRTO

Versos teus?

(*Lísias aparece ao fundo.*)

CLEON

De Anacreonte, o velho, o amável, o divino.

MIRTO

A musa é toda iônia, e o estro é peregrino.
(*abre o papiro e lê*)
"Fez-se Níobe em pedra e Filomela em pássaro.
Assim
Folgaria eu também me transformasse Júpiter
A mim.
Quisera ser o espelho em que o teu rosto mágico
Sorri;
A túnica feliz que sempre se está próxima

De ti;
O banho de cristal que esse teu corpo cândido
Contém;
O aroma de teu uso e donde eflúvios mágicos
Provêm;
Depois esse listão que de teu seio túrgido
Faz dous;
Depois do teu pescoço o rosicler de pérolas;
Depois...
Depois ao ver-te assim, única e tão sem êmulas[A]
Qual és,
Até quisera ser teu calçado, e pisassem-me
Teus pés."[20]

Que magníficos são!

CLEON

Minha alma assim te fala.

MIRTO

Atendendo ao poeta eu pensava escutá-la.

CLEON

Eco do meu sentir foi o velho amador;
Tais os desejos são do meu profundo amor.
Sim, eu quisera ser tudo isto, — o espelho, o banho,
O calçado, o colar... Desejo acaso estranho,
Louca ambição talvez de poeta exaltado...

---

20. No livro de 1870, há uma nota ao fim do volume na qual o poeta
esclarece que a *Lírica de Anacreonte*, traduzida por Antônio
Feliciano de Castilho, serviu à composição do seu quadro.
A nota está aqui integralmente reproduzida na p. 189. [HG]

MIRTO

Tanto sentes por mim?

Cena VI

CLEON, MIRTO, LÍSIAS

LÍSIAS

(*entrando*)

Amor, nunca sonhado.

Se a musa dele és tu!

CLEON

Lísias!

MIRTO

Ouviste?

LÍSIAS

Ouvi.

Versos que Anacreonte houvera feito a ti,
Se vivesses no tempo em que, pulsando a lira,
Estas odes compôs que a velha Grécia admira.

(*a Cleon*)

Quer falar-te um sujeito, um Clínias, um colega,
Ex-mercador, como eu.

MIRTO

Ai, que importuno!

LÍSIAS

Alega
Que não pode esperar, que isto não pode ser,
Que um processo... Afinal não no pude entender.
Pode ser que contigo o homem se acomode.
Prometeste talvez compor-lhe alguma ode?

CLEON

Não. Adeus, bela Mirto; espera-me um instante.

MIRTO

Não tardes!

LÍSIAS
(*à parte*)
Indiscreta!

CLEON

Espera.

LÍSIAS
(*à parte*)
Petulante!

Cena VII

MIRTO, LÍSIAS

_____

MIRTO

Sou curiosa. Quem é Clínias, ex-mercador
Amigo dele?

LÍSIAS

Mais do que isso; é um credor.

MIRTO

Ah!

LÍSIAS

Que belo rapaz! que alma fogosa e pura,
Bem digna de aspirar-te um hausto de ventura!
Queira o céu pôr-lhe termo à profunda agonia,
Surja enfim para ele o sol de um novo dia.
Merece-o. Mas vê lá se há destino pior:
Quer o alado Mercúrio obstar o alado Amor.
Com beijos não se paga a pompa do vestido,
O espetáculo e a mesa; e se o gentil Cupido
Gosta de ouvir canções, o outro não vai com elas;
Vale uma dracma só vinte odezinhas belas.
Um poema não compra um simples borzeguim.
Versos! são bons de ler; mais nada; eu penso assim.

MIRTO

Pensas mal! A poesia é sempre um dom celeste;
Quando o gênio o possui quem há que o não requeste?

Hermes, com ser o deus dos graves mercadores,
Tocou lira também.

LÍSIAS

Já sei que estás de amores.

MIRTO

Que esperança! Bem vês que eu já não posso amar.

LÍSIAS

Perdeste o coração?

MIRTO

Sim; perdi-o no mar.

LÍSIAS

Pesquemo-lo; talvez essa pérola fina
Venha ornar-me a existência agourada e mofina.

MIRTO

Mofina?

LÍSIAS

Pois então? Enfaram-me estas belas
Da terra samiana; assaz vivi por elas.
Outras desejo amar, filhas do azul Egeu.
Varia de feições o Amor, como Proteu.

MIRTO

Seu caráter melhor foi sempre o ser constante.

LÍSIAS

Serei menos fiel, não sou menos amante.
Cada beleza em si toda a paixão resume.
Pouco me importa a flor; importa-me o perfume.

MIRTO

Mas quem quer o perfume afaga um pouco a flor;
Nem fere o objeto amado a mão que implora o Amor.

LÍSIAS

Ofendo-te com isto? Esquece a minha ofensa.

MIRTO

Já esqueci; passou.

LÍSIAS

Quem fala como pensa
Arrisca-se a perder ou por sobra ou por míngua.
Eu confesso o meu mal; não sei tentear a língua.
Pois que me perdoaste, escuta-me. Tu tens
A graça das feições, o sumo bem dos bens;
Moça, trazes na fronte o doce beijo de Hebe;
Como um filtro de amor que, sem sentir, se bebe,
De teus olhos distila a eterna juventude;
De teus olhos que um deus, por lhes dar mais virtude,
Fez azuis como o céu, profundos como o mar.
Quem tais dotes reúne, ó Mirto, deve amar.

MIRTO

Falas como um poeta, e zombas da poesia!

LÍSIAS

Eu, poeta? jamais.

MIRTO

A tua fantasia
Respirou certamente o ar do monte Himeto.
Tem a expressão tão doce!

LÍSIAS

É a expressão do afecto.
Sou em cousas de Apolo um simples amador.
A minha grande musa é Vênus, mãe de Amor.[a]
No mais não aprendi (os fados meus adversos
Vedaram-mo!) a cantar bons e sentidos versos.
Cleon esse é que sabe acender tantas almas,
Conquistar de um só lance os corações e as palmas.

MIRTO

Conquistar, oh! que não!

LÍSIAS

Mas agradar?

MIRTO

Talvez.

LÍSIAS

Isso mesmo; é já muito. O que o poeta fez
Fá-lo-ei jamais? Contudo, inda tentá-lo quero;
Se não me inspira a musa, alma filha de Homero,
Inspira-me o desejo, a musa que delira,
E o seu canto concerta aos sons da eterna lira.

MIRTO

Também desejas ser alguma cousa?

LÍSIAS

                                Não;
Eu caso o meu amor às regras da razão.
Cleon quisera ser o espelho em que teu rosto
Sorri; eu bela Mirto, eu tenho melhor gosto.
Ser espelho! ser banho! e túnica! tolice!
Estéril ambição! loucura! criancice!
Por Vênus! sei melhor o que a mim me convém.
Homem sisudo e grave outros desejos tem.
Fiz, a este respeito, aprofundado estudo;
Eu não quero ser nada; eu quero dar-te tudo.
Escolhe o mais perfeito espelho de aço fino,
A túnica melhor de pano tarentino,
Vasos de óleo, um colar de pérolas, — enfim
Quanto enfeita uma dama aceitá-lo-ás de mim.
Brincos que vão ornar-te a orelha graciosa;
Para os dedos o anel de pedra preciosa;
A tua fronte pede áureo, rico anadema;
Tê-lo-ás, divina Mirto. É este o meu poema.

MIRTO

É lindo!

LÍSIAS

            Queres tu, outras 'strofes mais?
Dar-tas-ei quais as teve a celebrada Laís.
Casa, rico jardim, servas de toda a parte;
E estátuas e painéis, e quantas obras d'arte
Podem servir de ornato ao templo da beleza,

Tudo haverás de mim. Nem gosto nem riqueza
Te há de faltar, mimosa, e só quero um penhor.
Quero... quero-te a ti.

MIRTO

Pois quê! já quer a flor,
Quem desdenhando a flor, só lhe pede o perfume?

LÍSIAS

Esqueceste o perdão?

MIRTO

Ficou-me este azedume.

LÍSIAS

Vênus pode apagá-lo.

MIRTO

Eu sei! creio e não creio.

LÍSIAS

Hesitar é ceder: agrada-me o receio.
Em assunto de amor vontade que flutua
Está prestes a entregar-se. Entregas-te?

MIRTO

Sou tua!

Cena VIII

LÍSIAS, MIRTO, CLEON

— —

CLEON

Demorei-me demais?

LÍSIAS

Apenas o bastante
Para que fosse ouvido um coração amante.
A Lesbiana é minha.

CLEON

És dele, Mirto!

MIRTO

Sim;
Eu ainda hesitava; ele falou por mim.

CLEON

Quantos amores tens, filha do mal?

LÍSIAS

Pressinto
Uma lamentação inútil. "A Corinto
Não vai quem quer", lá diz aquele velho adágio.
Navegavas sem leme; era certo o naufrágio.
Não me viste sulcar as mesmas águas?

CLEON

Vi,

Mas contava com ela, e confiava em ti.
Mais duas ilusões! Que importa? Inda são poucas;
Desfaçam-se uma a uma estas quimeras loucas.
Ó árvore bendita, ó minha juventude,
Vão-te as flores caindo ao vento áspero e rude!
Não vos maldigo, não; eu não maldigo o mar
Quando a nave soçobra; o erro é confiar.
Adeus, formosa Mirto; adeus, Lísias; não quero
Perturbar vosso amor, eu que já nada espero;
Eu que vou arrancar as profundas raízes
Desta paixão funesta; adeus, sede felizes!

LÍSIAS

Adeus! Saudemos nós a Vênus e a Lieu.

AMBOS

Io Pœan![21] ó Baco! Himeneu! Himeneu!

21. Há controvérsia sobre o sentido dessa expressão, que está
na abertura de um hino a Apolo, em provável referência
à possibilidade de avançar rapidamente em seu carro que
carrega o sol. [HG]

Pálida Elvira

(Conto)

○○○○○○○○

A
Francisco Ramos Paz

Pálida Elvira

Ulysse, jeté sur les rives d'Ithaque, ne
les reconnaît pas et pleure sa patrie.
Ainsi l'homme dans le bonheur possédé
ne reconnaît pas son rêve et soupire.
Daniel Stern[22]

I

Quando, leitora amiga, no ocidente
Surge a tarde esmaiada e pensativa;
E entre a verde folhagem recendente
Lânguida geme viração lasciva;
E já das tênues sombras do oriente
Vem apontando a noite, e a *casta diva*
Subindo lentamente pelo espaço,
Do céu, da terra observa o estreito abraço;

II

Nessa hora de amor e de tristeza,
Se acaso não amaste e acaso esperas   →

---

22. "Ulisses, lançado às margens de Ítaca, não as reconhece e
chora sua pátria. Assim o homem na felicidade possuída
não reconhece seu sonho e suspira", em tradução livre do
francês. As palavras de Daniel Stern (pseudônimo da condessa
d'Agoult) que servem à epígrafe estão na vigésima máxima do
quarto capítulo, "De la Vie morale" [Da vida moral], da edição
de 1859 de *Esquisses morales: Pensées, réflexions et maximes* [Esboços
morais: Pensamentos, reflexões e máximas] (1849). [AM]

Ver coroar-te a juvenil beleza
Casto sonho das tuas primaveras;
Não sentes escapar tua alma acesa
Para voar às lúcidas esferas?
Não sentes nessa mágoa e nesse enleio
Vir morrer-te uma lágrima no seio?

III

Sente-lo? Então entenderás Elvira,
Que assentada à janela, erguendo o rosto,
O voo solta à alma que delira
E mergulha no azul de um céu de agosto;
Entenderás então por que suspira,
Vítima já de um íntimo desgosto,
A meiga virgem, pálida e calada,
Sonhadora, ansiosa e namorada.

IV

Mansão de riso e paz, mansão de amores
Era o vale. Espalhava a natureza,
Com dadivosa mão, palmas e flores
De agreste aroma e virginal beleza;
Bosques sombrios de imortais verdores,
Asilo próprio à inspiração acesa,[A]
Vale de amor, aberto às almas ternas
Neste vale de lágrimas eternas.

V

A casa, junto à encosta de um outeiro,
Alva pomba entre folhas parecia;ᴬ
Quando vinha a manhã, o olhar primeiro
Ia beijar-lhe a verde gelosia;
Mais tarde a fresca sombra de um coqueiro
Do sol quente a janela protegia;
Pouco distante, abrindo o solo adusto,
Um fio d'água murmurava a custo.

VI

Era uma joia a alcova em que sonhava
Elvira, alma de amor. Tapete fino
De apurado lavor o chão forrava.
De um lado oval espelho cristalino
Pendia. Ao fundo, à sombra, se ocultava
Elegante, engraçado, pequenino
Leito em que, repousando a face bela,
De amor sonhava a pálida donzela.

VII

Não me censure o crítico exigente
O ser pálida a moça; é meu costume
Obedecer à lei de toda a gente   →

148

Que uma obra compõe de algum volume.[23]
Ora, no nosso caso, é lei vigente
Que um descorado rosto o amor resume.
Não tinha Miss Smolen outras cores;[24]
Não nas possui quem sonha com amores.

VIII

Sobre uma mesa havia um livro aberto;
Lamartine, o cantor aéreo e vago,
Que enche de amor um coração deserto;
Tinha-o lido; era a página do *Lago*.
Amava-o; tinha-o sempre ali bem perto,
Era-lhe o anjo bom, o deus, o orago;
Chorava aos cantos da divina lira...
É que o grande poeta amava Elvira!

IX

Elvira! o mesmo nome! A moça os lia,
Com lágrimas de amor, os versos santos,   →

23. Deparamo-nos com lampejos da pena da galhofa de *Memórias póstumas de Brás Cubas* manifestados nos diálogos travados ora com o leitor, ora com a leitora, para ironizar a sociedade e a tradição literária. Avulta a consciência apurada do contexto "branco" em que o autor escreve e cuja sombra do sistema escravocrata Machado explora por meio de referências, algumas pontuais, outras sutis, a escravizados. [PD]
24. A personagem do poema "Le Saule" [O salgueiro] (1830), de Alfred de Musset, é descrita como uma mulher pálida e tipicamente romântica. [HG]

Aquela eterna e lânguida harmonia
Formada com suspiros e com prantos;
Quando escutava a musa da elegia
Cantar de Elvira os mágicos encantos,
Entrava-lhe a voar a alma inquieta,
E co'o amor sonhava de um poeta.

X

Ai, o amor de um poeta! amor subido!
Indelével, puríssimo, exaltado,
Amor eternamente convencido,
Que vai além de um túmulo fechado,
E que, através dos séculos ouvido,
O nome leva do objeto amado,
Que faz de Laura um culto,[25] e tem por sorte
Negra fouce quebrar nas mãos da morte.

XI

Fosse eu moça e bonita... Neste lance
Se o meu leitor é já homem sisudo,
Fecha tranquilamente o meu romance,
Que não serve a recreio nem a estudo;
Não entendendo a força nem o alcance
De semelhante amor, condena tudo;   →

---

25. A musa de Petrarca, poeta humanista do século XIV, é uma
figura feminina idealizada, recorrente nos poemas líricos
que escreveu ao longo de duas décadas. [HG]

Abre um volume sério, farto e enorme,
Algumas folhas lê, boceja... e dorme.

XII

Nada perdes, leitor, nem perdem nada
As esquecidas musas; pouco importa
Que tu, vulgar matéria condenada,
Aches que um tal amor é letra morta.
Podes, cedendo à opinião honrada,
Fechar à minha Elvira a esquiva porta.
Almas de prosa chã, quem vos daria
Conhecer todo o amor que há na poesia?

XIII

Ora, o tio de Elvira, o velho Antero,
Erudito e filósofo profundo,
Que sabia de cor o velho Homero,
E compunha os anais do Novo Mundo;
Que escrevera uma vida de Severo,
Obra de grande tomo e de alto fundo;
Que resumia em si a Grécia e Lácio,
E num salão falava como Horácio;

XIV

Disse uma noite à pálida sobrinha:
"Elvira, sonhas tanto! devaneias!

→

Que andas a procurar, querida minha?
Que ambições, que desejos ou que ideias
Fazem gemer tua alma inocentinha?
De que esperança vã, meu anjo, anseias?
Teu coração de ardente amor suspira;
Que tens?" — "Eu nada", respondia Elvira.ᴬ

XV

"Alguma cousa tens!" tornava o tio;
"Por que olhas tu as nuvens do poente,
Vertendo às vezes lágrimas a fio,
Magoada expressão d'alma doente?
Outras vezes, olhando a água do rio,
Deixas correr o espírito indolente,
Como uma flor que ao vento ali tombara,
E a onda murmurando arrebatara."

XVI

"— *Latet anguis in herba...*"[26] Neste instante
Entrou a tempo o chá... perdão, leitores,
Eu bem sei que é preceito dominante
Não misturar comidas com amores;
Mas eu não vi, nem sei se algum amante
Vive de orvalho ou pétalas de flores;   →

26."— A serpente se esconde sob a erva", em tradução livre.
   A expressão latina ocorre várias vezes nos escritos de
   Machado de Assis e é indicativa de um perigo oculto. [HG]

Namorados estômagos consomem;
Comem Romeus, e Julietas comem.

XVII

Entrou a tempo o chá, e foi servi-lo,
Sem responder, a moça interrogada,
C'um ar tão soberano e tão tranquilo
Que o velho emudeceu. Ceia acabada,
Fez o escritor o costumado quilo,
Mas um quilo de espécie pouco usada,
Que consistia em ler um livro velho;
Nessa noite acertou ser o Evangelho.

XVIII

Abrira em S. Mateus, naquele passo
Em que o filho de Deus diz que a açucena
Não labora nem fia, e o tempo escasso
Vive, co'o ar e o sol, sem dor nem pena;
Leu e estendendo o já trêmulo braço
À triste, à melancólica pequena,
Apontou-lhe a passagem da Escritura
Onde lera lição tão recta e pura.

XIX

"Vês? diz o velho, escusas de cansar-te;
Deixa em paz teu espírito, criança:

→

Se existe um coração que deva amar-te,
Há de vir; vive só dessa esperança.
As venturas do amor um deus reparte;
Queres tê-las? põe nele a confiança.
Não persigas com súplicas a sorte;
Tudo se espera; até se espera a morte!

XX

A doutrina da vida é esta: espera,
Confia, e colherás a ansiada palma;
Oxalá que eu te apague essa quimera![A]
Lá diz o bom Demófilo que à alma,
Como traz a andorinha a primavera,
A palavra do sábio traz a calma,[B]
O sábio aqui sou eu. Ris-te, pequena?
Pois melhor; quero ver-te uma açucena!"

XXI

Falava aquele velho como fala
Sobre cores um cego de nascença.
Pear a juventude! Condená-la
Ao sono da ambição vivaz e intensa!
Co'as leves asas da esperança orná-la
E não querer que rompa a esfera imensa!
Não consentir que esta manhã de amores
Encha com frescas lágrimas as flores![c]

XXII

Mal o velho acabava e justamente
Na rija porta ouviu-se uma pancada.
Quem seria? Uma serva diligente,
Travando de uma luz, desceu a escada.
Pouco depois rangia brandamente
A chave, e a porta aberta dava entrada
A um rapaz embuçado que trazia
Uma carta, e ao doutor falar pedia.

XXIII

Entrou na sala, e lento, e gracioso,
Descobriu-se e atirou a capa a um lado;
Era um rosto poético e viçoso
Por soberbos cabelos coroado;
Grave sem gesto algum pretensioso,
Elegante sem ares de enfeitado;
Nos lábios frescos um sorriso amigo,
Os olhos negros e o perfil antigo.

XXIV

Demais, era poeta. Era-o. Trazia
Naquele olhar não sei que luz estranha
Que indicava um aluno da poesia,
Um morador da clássica montanha,
Um cidadão da terra da harmonia,
Da terra que eu chamei nossa Alemanha,   →

Nuns versos que hei de dar um dia a lume,
Ou nalguma gazeta, ou num volume.

XXV

Um poeta! e de noite! e de capote!
Que é isso, amigo autor? Leitor amigo,
Imagina que estás num camarote
Vendo passar-se em cena um drama antigo,
Sem lança não conheço D. Quixote,
Sem espada é apócrifo um Rodrigo;[27]
Herói que às regras clássicas escapa,
Pode não ser herói, mas traz a capa.

XXVI

Heitor (era o seu nome) ao velho entrega
Uma carta lacrada; vem do norte.
Escreve-lhe um filósofo colega
Já quase a entrar no tálamo da morte.
Recomenda-lhe o filho, e lembra, e alega,
A provada amizade, o esteio forte,
Com que outrora, acudindo-lhe nos transes,
Salvou-lhe o nome de terríveis lances.

---

27. Referência a Rodrigo Díaz de Vivar, mais conhecido por El Cid, nobre guerreiro castelhano que viveu no século XI. [HG]

XXVII

Dizia a carta mais: "Crime ou virtude,
É meu filho poeta; e corre fama
Que já faz honra à nossa juventude
Co'a viva inspiração de etérea chama;
Diz ele que, se o gênio não o ilude,
Camões seria se encontrasse um Gama.
Deus o fade; eu perdoo-lhe tal sestro;
Guia-lhe os passos, cuida-lhe do estro."

XXVIII

Lida a carta, o filósofo erudito
Abraça o moço e diz em tom pausado:
"Um sonhador do azul e do infinito!
É hóspede do céu, hóspede amado.
Um bom poeta é hoje quase um mito,
Se o talento que tem é já provado,
Conte co'o meu exemplo e o meu conselho;
Boa lição é sempre a voz de um velho."

XXIX

E trava-lhe da mão, e brandamente
Leva-o junto d'Elvira. A moça estava
Encostada à janela, e a esquiva mente
Pela extensão dos ares lhe vagava.
Voltou-se distraída, e de repente
Mal nos olhos de Heitor o olhar fitava,

→

Sentiu... Inútil fora relatá-lo;
Julgue-o quem não puder experimentá-lo.

XXX

Ó santa e pura luz do olhar primeiro!
Elo de amor que duas almas liga!
Raio de sol que rompe o nevoeiro
E casa a flor à flor! Palavra amiga
Que, trocada um momento passageiro,
Lembrar parece uma existência antiga!
Língua, filha do céu, doce eloquência
Dos melhores momentos da existência!

XXXI

Entra a leitora numa sala cheia;
Vai isenta, vai livre de cuidado:
Na cabeça gentil nenhuma ideia,
Nenhum amor no coração fechado.
Livre como a andorinha que volteia
E corre loucamente o ar azulado.
Venham dous olhos, dous, que a alma buscava...
Era senhora? ficará escrava!

XXXII

C'um só olhar escravos ele e ela
Já lhes pulsa mais forte o sangue e a vida;   →

Rápida corre aquela noite, aquela
Para as castas venturas escolhida;
Assoma já nos lábios da donzela
Lampejo de alegria esvaecida.
Foi milagre de amor, prodígio santo.
Quem mais fizera? Quem fizera tanto?

XXXIII

Preparara-se ao moço um aposento.
Oh! reverso da antiga desventura!
Tê-lo perto de si! viver do alento
De um poeta, alma lânguida, alma pura!
Dá-lhe, ó fonte do casto sentimento,
Águas santas, batismo de ventura!
Enquanto o velho, amigo de outra fonte,
Vai mergulhar-se em pleno Xenofonte.

XXXIV

Devo agora contar, dia por dia,
O romance dos dous? Inútil fora;
A história é sempre a mesma; não varia
A paixão de um rapaz e uma senhora.
Vivem ambos do olhar que se extasia
E conversa co'a alma sonhadora;
Na mesma luz de amor os dous se inflamam;
Ou, como diz Filinto: "Amados, amam."

XXXV

Todavia a leitora curiosa
Talvez queira saber de um incidente;
A confissão dos dous; — cena espinhosa
Quando a paixão domina a alma que sente.
Em regra, confissão franca e verbosa
Revela um coração independente;
A paz interior tudo confia,
Mas o amor, esse hesita e balbucia.

XXXVI

O amor faz monossílabos; não gasta
O tempo com análises compridas;
Nem é próprio de boca amante e casta
Um chuveiro de frases estendidas;
Um volver d'olhos lânguido nos basta
Por conhecer as chamas comprimidas;
Coração que discorre e faz estilo,
Tem as chaves por dentro e está tranquilo.

XXXVII

Deu-se o caso uma tarde em que chovia,
Os dous estavam na varanda aberta.
A chuva peneirava, e além cobria
Cinzento véu o ocaso; a tarde incerta
Já nos braços a noite a recebia,
Como amorosa mãe que a filha aperta   →

Por enxugar-lhe os prantos magoados.
'Stavam ambos imóveis e calados.

XXXVIII

Juntos, ao parapeito da varanda,
Viam cair da chuva as gotas finas,
Sentindo a viração fria, mas branda,
Que balançava as frouxas casuarinas.
Raras, ao longe, de uma e de outra banda,
Pelas do céu tristíssimas campinas,
Viam correr da tempestade as aves
Negras, serenas, lúgubres e graves.

XXXIX

De quando em quando vinha uma rajada
Borrifar e agitar a Elvira as tranças,
Como se fora a brisa perfumada
Que à palmeira sacode as tênues franças.
A fronte gentilíssima e engraçada
Sacudia co'a chuva as más lembranças;
E ao passo que chorava a tarde escura
Ria-se nela a aurora da ventura.

XL

"Que triste a tarde vai! que véu de morte
Cobrir parece a terra! (o moço exclama).   →

Reprodução fiel da minha sorte,
Sombra e choro. — Por quê? pergunta a dama;
Diz que teve dos céus uma alma forte...
— É forte o bronze e não resiste à chama;
Leu versos meus em que zombei do fado?
Ilusões de poeta malogrado!"

XLI

"Somos todos assim. É nossa glória
Contra o destino opor alma de ferro;
Desafiar o mal, eis nossa história,
E o tremendo duelo é sempre um erro.
Custa-nos caro uma falaz vitória
Que nem consola as mágoas do desterro,
O desterro, — esta vida obscura e rude
Que a dor enfeita e as vítimas ilude.

XLII

Contra esse mal tremendo que devora
A seiva toda à nossa mocidade,
Que remédio haveríamos, senhora,
Senão versos de afronta e liberdade?
No entanto, bastaria acaso um'hora,
Uma só, mas de amor, mas de piedade,
Para trocar por séculos de vida
Estes de dor acerba e envilecida."

XLIII

Al[28] não disse, e, fitando olhos ardentes
Na moça, que de enleio enrubescia,
Com discursos mais fortes e eloquentes
Na exposição do caso prosseguia;
A pouco e pouco as mãos inteligentes
Travaram-se; e não sei se conviria
Acrescentar que um ósculo... Risquemos,
Não é bom mencionar estes extremos.

XLIV

Duas sombrias nuvens afastando,
Tênue raio de sol rompera os ares,
E, no amoroso grupo desmaiando,
Testemunhou-lhe as núpcias singulares.
A nesga azul do ocaso contemplando,
Sentiram ambos irem-lhe os pesares,
Como noturnas aves agoureiras
Que à luz fogem medrosas e ligeiras.

XLV

Tinha mágoas o moço? A causa delas?
Nenhuma causa; fantasia apenas;
O eterno devanear das almas belas,
Quando as dominam férvidas Camenas;   →

28. Termo pouco corrente, que significa "o mais", "o resto". [HG]

Uma ambição de conquistar estrelas,
Como se colhem lúcidas falenas;
Um desejo de entrar na eterna lida,
Um querer mais do que nos cede a vida.

XLVI

Com amores sonhava, ideal formado
De celestes e eternos esplendores,
A ternura de um anjo destinado
A encher-lhe a vida de perpétuas flores.
Tinha-o enfim, qual fora antes criado
Nos seus dias de mágoas e amargores;
Madrugavam-lhe n'alma a luz e o riso;
Estava à porta enfim do paraíso.

XLVII

Nessa noite, o poeta namorado
Não conseguiu dormir. A alma fugira
Para ir velar o doce objeto amado,
Por quem, nas ânsias da paixão, suspira;
E é provável que, achando o exemplo dado,
Ao pé de Heitor viesse a alma de Elvira;
De maneira que os dous, de si ausentes,
Lá se achavam mais vivos e presentes.

XLVIII

Ao romper da manhã, co'o sol ardente,
Brisa fresca, entre as folhas sussurrando,
O não dormido vate acorda, e a mente
Lhe foi dos vagos sonhos arrancando.
Heitor contempla o vale resplendente,
A flor abrindo, o pássaro cantando;
E a terra que entre risos acordava,
Ao sol do estio as roupas enxugava.

XLIX

Tudo então lhe sorria. A natureza,
As musas, o futuro, o amor e a vida;
Quanto sonhara aquela mente acesa
Dera-lhe a sorte, enfim, compadecida.
Um paraíso, uma gentil beleza,
E a ternura castíssima e vencida
De um coração criado para amores,
Que exala afectos como aroma as flores.

L

E ela? Se conheceste em tua vida,
Leitora, o mal do amor, delírio santo,
Dor que eleva e conforta a alma abatida,
Embriaguez do céu, divino encanto,
Se a tua face ardente e enrubescida
Palejou com suspiros e com prantos,   →

Se ardeste enfim, naquela intensa chama,
Entenderás o amor de ingênua dama.

LI

Repara que eu não falo desse enleio
De uma noite de baile ou de palestra;
Amor que mal agita a flor do seio,
E ao chá termina e acaba com a orquestra;
Não me refiro ao simples galanteio
Em que cada menina é velha mestra,
Avesso ao sacrifício, à dor e ao choro;
Falo do amor, não falo do namoro.

LII

Éden de amor, ó solidão fechada,
Casto asilo a que o sol dos novos dias
Vai mandar, como a furto, a luz coada
Pelas frestas das verdes gelosias,
Guarda-os ambos; conserva-os recatada.
Almas feitas de amor e de harmonias,
Tecei, tecei as vívidas capelas,
Deixai correr sem susto as horas belas.

LIII

Cá fora o mundo insípido e profano
Não dá, nem pode dar o enleio puro   →

Das almas novas, nem o doce engano
Com que se esquecem males do futuro.
Não busqueis penetrar neste oceano
Em que se agita o temporal escuro.
Por fugir ao naufrágio e ao sofrimento,
Tendes uma enseada, — o casamento.

LIV

Resumamos, leitora, a narrativa.
Tanta 'strofe a cantar etéreas chamas
Pede compensação, musa insensiva,
Que fatigais sem pena o ouvido às damas.
Demais, é regra certa e positiva
Que muitas vezes as maiores famas
Perde-as uma ambição de tagarela;
Musa, aprende a lição; musa, cautela!

LV

Meses depois da cena relatada
Nas 'strofes, a folhas, — o poeta
Ouviu do velho Antero uma estudada
Oração cicerônica e seleta;
A conclusão da arenga preparada
Era mais agradável que discreta.
Dizia o velho erguendo olhos serenos:
"Pois que se adoram, casem-se, pequenos!"

LVI

Lágrima santa, lágrima de gosto
Vertem olhos de Elvira; e um riso aberto
Veio inundar-lhe de prazer o rosto
Como uma flor que abrisse no deserto.
Se iam já longe as sombras do desgosto;
Inda até 'li era o futuro incerto;
Fez-lho certo o ancião; e a moça grata
Beija a mão que o futuro lhe resgata.

LVII

Correm-se banhos, tiram-se dispensas,
Vai-se buscar um padre ao povoado;
Prepara-se o enxoval e outras pertenças
Necessárias agora ao novo estado.
Notam-se até algumas diferenças
No modo de viver do velho honrado,
Que sacrifica à noiva e aos deuses lares
Um estudo dos clássicos jantares.

LVIII

"Onde vás tu?ᴬ — À serra! — Vou contigo.
— Não, não venhas, meu anjo, é longa a estrada.
Se cansares? — Sou leve, meu amigo;
Descerei nos teus ombros carregada.
— Vou compor encostado ao cedro antigo
Canto de núpcias. — Seguirei calada;   →

Junto de ti, ter-me-ás mais em lembrança;
Musa serei sem perturbar. — Criança!"

LIX

Brandamente repele Heitor a Elvira;
A moça fica; o poeta lentamente
Sobe a montanha. A noiva repetira
O primeiro pedido inutilmente.
Olha-o de longe, e tímida suspira.
Vinha a tarde caindo frouxamente,
Não triste, mas risonha e fresca e bela,
Como a vida da pálida donzela.

LX

Chegando, enfim, à c'roa da colina,
Viram olhos de Heitor o mar ao largo,
E o sol, que despe a veste purpurina,
Para dormir no eterno leito amargo.
Surge das águas pálida e divina,
Essa que tem por deleitoso encargo
Velar amantes, proteger amores,
Lua, musa dos cândidos palores.

LXI

Respira Heitor; é livre. O casamento?
Foi sonho que passou, fugaz ideia →

Que não pôde durar mais que um momento.
Outra ambição a alma lhe incendeia.
Dissipada a ilusão, o pensamento
Novo quadro a seus olhos patenteia,
Não lhe basta aos desejos de sua alma
A enseada da vida estreita e calma.

LXII

Aspira ao largo; pulsam-lhe no peito
Uns ímpetos de vida; outro horizonte,
Túmidas vagas, temporal desfeito,
Quer com eles lutar fronte por fronte.
Deixa o tranquilo amor, casto e perfeito,
Pelos bródios de Vênus de Amatonte;
A existência entre flores esquecida
Pelos rumores de mais ampla vida.

LXIII

Nas mãos da noite desmaiara a tarde;
Descem ao vale as sombras vergonhosas;
Noite que o céu, por mofa ou por alarde,
Torna propícia às almas venturosas.
O derradeiro olhar frio e covarde
E umas não sei que estrofes lamentosas
Solta o poeta, enquanto a triste Elvira,
Viúva antes de noiva, em vão suspira!

LXIV

Transpõe o mar Heitor, transpõe montanhas;
Tu, curiosidade, o ingrato levas
A ir ver o sol das regiões estranhas.
A ir ver o amor das peregrinas Evas.
Vai, em troco de palmas e façanhas,
Viver na morte, bracejar nas trevas;
Fazer do amor, que é livro aos homens dado,
Copioso almanaque namorado.

LXV

Inscreve nele a moça de Sevilha,
Longas festas e noites espanholas,
A indiscreta e diabólica mantilha
Que a fronte cinge a amantes e a carolas.
Quantos encontra corações perfilha,
Faz da bolsa e do amor largas esmolas;
Esquece o antigo amor e a antiga musa
Entre os beijos da lépida Andaluza.

LXVI

Canta no seio túrgido e macio
Da fogosa, indolente Italiana,
E dorme junto ao laranjal sombrio
Ao som de uma canção napolitana.
Dão-lhe para os serões do ardente estio,
Asti, os vinhos; mulheres, a Toscana.   →

Roma adora, embriaga-se em Veneza,
E ama a arte nos braços da beleza.

LXVII

Vê Londres, vê Paris, terra das ceias,
Feira do amor a toda a bolsa aberta;
No mesmo laço, as belas como as feias,
Por capricho ou razão, iguais aperta;
A idade não pergunta às taças cheias,
Só pede o vinho que o prazer desperta;
Adora as outoniças, como as novas,
Torna-se herói de rua e herói de alcovas.

LXVIII

Versos quando os compõe, celebram antes
O alegre vício que a virtude austera;
Canta os beijos e as noites delirantes,
O estéril gozo que a volúpia gera;
Troca a ilusão que o seduzia dantes
Por maior e tristíssima quimera;
Ave do céu, entre ósculos criada,
Espalha as plumas brancas pela estrada.

LXIX

Um dia, enfim, cansado e aborrecido,
Acorda Heitor; e olhando em roda e ao largo,   →

Vê um deserto, e do prazer perdido
Resta-lhe unicamente o gosto amargo;
Não achou o ideal apetecido
No longo e profundíssimo letargo;
A vida exausta em festas e esplendores,
Se algumas[A] tinha, eram já murchas flores.

LXX

Ora, uma noite, costeando o Reno,
Ao luar melancólico, — buscava
Aquele gozo simples, doce, ameno,
Que à vida toda outrora lhe bastava;
Voz remota, cortando o ar sereno,
Em derredor os ecos acordava;
Voz aldeã que o largo espaço enchia,
E uma canção de Schiller repetia.

LXXI

"A glória! diz Heitor, a glória é vida!
Por que busquei nos gozos de outra sorte
Esta felicidade apetecida,
Esta ressurreição que anula a morte?
Ó ilusão fantástica e perdida!
Ó mal gasto, ardentíssimo transporte!
Musa, restaura as apagadas tintas!
Revivei, revivei, chamas extintas!"

LXXII

A glória? Tarde vens, pobre exilado!
A glória pede as ilusões viçosas,
Estro em flor, coração electrizado,
Mãos que possam colher etéreas rosas;
Mas tu, filho do ócio e do pecado,
Tu que perdeste as forças portentosas
Na agitação que os ânimos abate,
Queres colher a palma do combate?

LXXIII

Chamas em vão as musas; deslembradas,
À tua voz os seus ouvidos cerram;
E nas páginas virgens, preparadas,
Pobre poeta, em vão teus olhos erram;
Nega-se a inspiração; nas despregadas
Cordas da velha lira, os sons que encerram
Inertes dormem; teus cansados dedos
Correm debalde; esquecem-lhe os segredos.

LXXIV

Ah! se a taça do amor e dos prazeres
Já não guarda licor que te embriague;
Se nem musas nem lânguidas mulheres
Têm coração que o teu desejo apague;
Busca a ciência, estuda a lei dos seres,
Que a mão divina a tua dor esmague;   →

Entra em ti, vê o que és, observa em roda,
Escuta e palpa a natureza toda.

LXXV

Livros compra, um filósofo procura;
Revolve a criação, prescruta a vida;
Vê se espancas a longa noite escura
Em que a estéril razão andou metida;
Talvez aches a palma da ventura
No campo das ciências escondida.
Que a tua mente as ilusões esqueça:
Se o coração morreu, vive a cabeça!

LXXVI

Ora, por não brigar co'os meus leitores,
Dos quais, conforme a curta ou longa vista,
Uns pertencem aos grupos novadores,
Da fria comunhão materialista;
Outros, seguindo exemplos dos melhores,
Defendem a teoria idealista;
Outros, enfim, fugindo armas extremas,
Vão curando por ambos os sistemas.

LXXVII

Direi que o nosso Heitor, após o estudo
Da natureza e suas harmonias,   →

(Opondo à consciência um forte escudo
Contra divagações e fantasias);
Depois de ter aprofundado tudo,
Planta, homem, estrelas, noites, dias,
Achou esta lição inesperada:
Veio a saber que não sabia nada.

LXXVIII

"Nada! exclama um filósofo amarelo
Pelas longas vigílias, afastando
Um livro que há de ver um dia ao prelo
E em cujas folhas ia trabalhando.
Pois eu, doutor de borla e de capelo,
Eu que passo os meus dias estudando,
Hei de ler o que escreve pena ousada,
Que a ciência da vida acaba em nada?"

LXXIX

Aqui convinha intercalar com jeito,
Sem pretensão, nem pompa nem barulho,
Uma arrancada apóstrofe do peito
Contra as vãs pretensões do nosso orgulho;
Conviria mostrar em todo o efeito
Essa que é ᴬ dos espíritos entulho,
Ciência vã, de magnas leis tão rica,
Que ignora tudo, e tudo ao mundo explica.

LXXX

Mas, urgindo acabar este romance,
Deixo em paz o filósofo, e procuro
Dizer do vate o doloroso trance
Quando se achou mais peco e mais escuro.
Valera bem naquele triste lance
Um sorriso do céu plácido e puro,
Raio do sol eterno da verdade,
Que a vida aquece e alenta a humanidade.

LXXXI

Quê! nem ao menos na ciência havia
Fonte que a eterna sede lhe matasse?
Nem no amor, nem no seio da poesia
Podia nunca repousar a face?
Atrás desse fantasma correria
Sem que jamais as formas lhe palpasse?
Seria acaso a sua ingrata sorte
A ventura encontrar nas mãos da morte?

LXXXII

A morte! Heitor pensara alguns momentos
Nessa sombria porta aberta à vida;
Pálido arcanjo dos finais alentos
De alma que o céu deixou desiludida;
Mão que, fechando os olhos sonolentos,
Põe o termo fatal à humana lida;

→

Templo de glória ou região do medo,
Morte, quem te arrancara o teu segredo?

LXXXIII

Vazio, inútil, ermo de esperanças
Heitor buscava a noiva ignota e fria,
Que o envolvesse então nas longas tranças
E o conduzisse à câmara sombria,
Quando, em meio de pálidas lembranças,
Surgiu-lhe a ideia de um remoto dia,
Em que cingindo a cândida capela
Estava a pertencer-lhe uma donzela.

LXXXIV

Elvira! o casto amor! a esposa amante!
Rosa de uma estação, deixada ao vento!
Riso dos céus! estrela rutilante
Esquecida no azul do firmamento!
Ideal, meteoro de um instante!
Glória da vida, luz do pensamento!
A gentil, a formosa realidade!
Única dita e única verdade!

LXXXV

Ah! por que não ficou calmo e tranquilo
Da ingênua moça nos divinos braços? →

Por que fugira ao casto e alegre asilo?
Por que rompera os malformados laços?
Quem pudera jamais restituí-lo
Aos estreitos, fortíssimos abraços
Com que Elvira apertava enternecida
Esse que lhe era o amor, a alma e a vida?

LXXXVI

Será tempo? Quem sabe? Heitor hesita;
Tardio pejo lhe enrubesce a face;
Punge o remorso; o coração palpita
Como se vida nova o reanimasse;
Tênue fogo, entre a cinza, arde e se agita...
Ah! se o passado ali ressuscitasse
Reviveriam ilusões viçosas,
E a gasta vida rebentara em rosas!

LXXXVII

Resolve Heitor voltar ao vale amigo,
Onde ficara a noiva abandonada.
Transpõe o mar,^ afronta-lhe o perigo,
E chega enfim à terra desejada.
Sobe o monte, contempla o cedro antigo,
Sente abrir-se-lhe n'alma a flor murchada
Das ilusões que um dia concebera;
Rosa extinta da sua primavera!

LXXXVIII

Era a hora em que os serros do oriente
Formar parecem luminosas urnas;
E abre o sol a pupila resplendente
Que às folhas sorve as lágrimas noturnas;
Frouxa brisa amorosa e diligente
Vai acordando as sombras taciturnas;
Surge nos braços dessa aurora estiva
A alegre natureza rediviva.

LXXXIX

Campa era o mar; o vale estreito berço;
De um lado a morte, do outro lado a vida,
Canto do céu, resumo do universo,
Ninho para aquecer a ave abatida.
Inda nas sombras todo o vale imerso,
Não acordara à costumada lida;
Repousava no plácido abandono
Da paz tranquila e do tranquilo sono.

XC

Alto já ia o sol, quando descera
Heitor a oposta face da montanha;
Nada do que deixou desparecera;
O mesmo rio as mesmas ervas banha.
A casa, como então, garrida e austera,
Do sol nascente a viva luz apanha;

Iguais flores, nas plantas renascidas...
Tudo ali fala de perpétuas vidas!

XCI

Desce o poeta cauteloso e lento.
Olha de longe; um vulto ao sol erguia
A veneranda fronte, monumento
De grave e celestial melancolia.
Como sulco de um fundo pensamento
Larga ruga na testa abrir se via,
Era a ruína talvez de uma esperança...
Nos braços tinha uma gentil criança.

XCII

Ria a criança; o velho contemplava
Aquela flor que às auras matutinas
O perfumoso cálix desbrochava
E entrava a abrir as pétalas divinas.
Triste sorriso o rosto lhe animava,
Como um raio de lua entre ruínas.
Alegria infantil, tristeza austera,
O inverno torvo, a alegre primavera!

XCIII

Desce o poeta, desce, e preso, e fito
Nos belos olhos do gentil infante,   →

Treme, comprime o peito... e após um grito
Corre alegre, exaltado e delirante,
Ah! se jamais as vozes do infinito
Podem sair de um coração amante,
Teve-as aquele... Lágrimas sentidas
Lhe inundaram as faces ressequidas!

XCIV

"Meu filho!" exclama, e súbito parando
Ante o grupo ajoelha o libertino;
Geme, soluça, em lágrimas beijando
As mãos do velho e as tranças do menino.
Ergue-se Antero, e frio e venerando,
Olhos no céu, exclama: "Que destino!
Murchar-lhe, viva, a rosa da ventura;
Morta, insultar-lhe a paz da sepultura!"

XCV

"Morta! — Sim! — Ah! senhor! se arrependido
Posso alcançar perdão, se com meus prantos,
Posso apiedar-lhe o coração ferido
Por tanta mágoa e longos desencantos;
Se este infante, entre lágrimas nascido,
Pode influir-me os seus afectos santos...
É meu filho, não é? perdão lhe imploro!
Veja, senhor! eu sofro, eu creio, eu choro!"

XCVI

Olha-o com frio orgulho o velho honrado;
Depois, fugindo àquela cena estranha,
Entra em casa. O poeta, acabrunhado,
Sobe outra vez a encosta da montanha;
Ao cimo chega, e desce o oposto lado
Que a vaga azul entre soluços banha.
Como fria ironia a tantas mágoas,
Batia o sol de chapa sobre as águas.

XCVII

Pouco tempo depois ouviu-se um grito,
Som de um corpo nas águas resvalado;
À flor das vagas veio um corpo aflito...
Depois... o sol tranquilo e o mar calado.
Depois... Aqui termina o manuscrito,
Que me legou antigo deputado,
Homem de alma de ferro, e olhar sinistro,
Que morreu velho e nunca foi ministro.

Notas da edição de 1870

La marchesa de Miramar [p. 35]

Conta um biógrafo do arquiduque Maximiliano que este infeliz príncipe, quando estava em Miramar, costumava retratar fotograficamente a arquiduquesa, escrevendo por baixo do retrato: *"La marchesa de Miramar"*.

Flor da mocidade [p. 50]

Os poetas clássicos franceses usavam muito esta forma a que chamavam *triolet*. Depois do longo desuso, alguns poetas deste século ressuscitaram o *triolet*, não desmerecendo dos antigos modelos. Não me consta que se haja tentado empregá-la em português, nem talvez seja cousa que mereça trasladação. A forma entretanto é graciosa e não encontra dificuldade na nossa língua, creio eu.

Menina e moça [p. 53]

A estes versos respondeu o meu talentoso amigo Ernesto Cibrão com a seguinte poesia; vale a pena escrever de *meninas e moças*, quando elas produzem estas *flores e frutos*:

Flor e fruto

A antítese é maior do que pensaste, amigo.

. . . .

Está naquela idade em que se busca o abrigo
Do berço contra o sol, do mundo contra o lar;
Antemanhã da vida, hora crepuscular,
Que traz dormente a moça e desperta a menina:
Esta brinca no céu, encarnação divina,
Aquela sonha e crê... quantos sonhos de amor!
São uma e outra a mesma: o fruto sai da flor.

Era a flor perfumosa e bela e delicada,
A sedução da brisa, o amor da madrugada;
Mas nasce o fruto amargo, e traz veneno em si...
Aqui morre a menina e nasce a moça; aqui
Cede a criança-luz o passo à mulher-fogo;
E vai-se o querubim, surge o demônio; e logo
Da terra faz escrava e quer pisá-la aos pés.
Insurjo-me: serei vassalo mau talvez,
Serei; e ao triste exílio o coração condeno.
Peço a menina-flor, dão-me a mulher-veneno;
Prefiro o meu deserto, a minha solidão:
Ela tem o futuro, e eu tenho o coração.

Bem sabes tu que adoro as louras criancinhas,
E levo a adoração no êxtase. Adivinhas
Que encontro na criança um perfume dos céus
E nela admiro a um tempo a natureza e Deus.
Pois, quando cinjo ao colo uma menina, e penso
Que inda há de ser mulher, sinto desgosto imenso; →

Porque pode ser boa, e vítima será,
E, para ser ditosa, há de talvez ser má...

De mim dirás com pena: "Oh! coração vazio!
Cinza que foste luz! lama que foste rio!"

. . . .

Olha, amigo, a mulher é um ídolo. Tens fé?
Ajoelha e sê feliz; eu contemplo-a de pé.

Cede a MENINA E MOÇA à lei comum: divina
E bela e encantadora enquanto a vês menina;
Moça, transmuda a face e toma um ar cruel:
Desaparece o arcanjo e mostra-se Lusbel.
Amo-a quando é criança, adoro-a quando brinca;
Mas, quando pensativa o rubro lábio trinca,
E os olhos enlanguesce, e perde a rósea cor,
Temo que o fruto-fel surja daquela flor.

Os deuses da Grécia [p. 63]

Não sei alemão; traduzi estes versos pela tradução em prosa francesa de um dos mais conceituados intérpretes da língua de Schiller.

Un vieux pays [p. 88]

Perdoem-me estes versos em francês; e para que de todo em todo não fique a página perdida aqui lhes dou a tradução que fez dos meus versos o talentoso poeta maranhense Joaquim Serra:

É um velho país, de luz e sombras,
Onde o dia traz pranto, e a noite a cisma;
Um país de orações e de blasfêmia,
Nele a crença na dúvida se abisma.

Aí mal nasce a flor o verme a corta,
O mar é um escarcéu, e o sol sombrio;
Se a ventura num sonho transparece
A sufoca em seus braços o fastio.

Quando o amor, qual esfinge indecifrável,
Aí vai a bramir, perdido o siso...
Às vezes ri alegre, e outras vezes
É um triste soluço esse sorriso...

Vive-se nesse país com a mágoa e o riso;
Quem dele se ausentou treme e maldiz;
Mas ai, eu nele passo a mocidade,
Pois é meu coração esse país!

Lira chinesa [p. 93]

Os poetas imitados nesta coleção são todos contemporâneos. Encontrei-os no livro publicado em 1868 pela Sra. Judith Walter, distinta viajante que dizem conhecer profundamente a língua chinesa, e que traduziu em simples e corrente prosa.

Fez-se Níobe em pedra, etc.
[p. 129]

É do Sr. Antônio Feliciano de Castilho a tradução desta odezinha, que deu lugar à composição do meu quadro. Foi imediatamente à leitura da *Lírica de Anacreonte*, do imortal autor dos *Ciúmes do Bardo*, que eu tive a ideia de pôr em ação a ode do poeta de Teos, tão portuguesmente saída das mãos do Sr. Castilho que mais parece original que tradução. A concha não vale a pérola; mas o delicado da pérola disfarçará o grosseiro da concha.

Notas sobre o texto

p. 29   A. Foram inseridos o ponto de interrogação e os dois-pontos que encerram o quarto e o sexto versos, respectivamente.

p. 36   A. Na edição de 1870, "beija".

p. 42   A. Na edição de 1870, "pudeste".

p. 60   A. Na edição de 1870, "do eco".

p. 62   A. Foram inseridas as aspas depois de "tu?" e antes de "Eu", de forma a marcar o final da pergunta do Senhor e o início da resposta de Romeu.

p. 63   A. Na edição de 1870, "vivia".

p. 67   A. Na edição de 1870, "Seleno".

p. 69   A. Foi inserido o ponto de interrogação.

p. 77   A. Na edição de 1870, "Apela a colibri".

p. 92   A. Na edição de 1870, "passament".

p. 108   A. Na edição de 1870, o verso termina com vírgula.

p. 120   A. A edição crítica altera para "ilude".

       B. Na edição de 1870, "esqueces".

p. 123   A. Foi inserido o ponto de interrogação.

p. 124   A. Na edição de 1870, "votou-se".

       B. Algumas edições modernas modificam para "impõem-se", de modo a concordar com "leis".

p. 130   A. Na edição de 1870, "tão êmulas".

p. 136   A. Na edição de 1870, "amor", em minúscula.

p. 146   A. Nos dois exemplares consultados da edição de 1870, é difícil distinguir se se trata de ponto ou vírgula.

p. 147   A. Na edição de 1870, dois-pontos.

p. 151   A. Foram inseridas as aspas depois de "tens?" e antes de "Eu", de modo a marcar o final da fala do tio e o início da resposta de Elvira.

p. 153   A. Foi inserido o ponto de exclamação.

       B. Nos dois exemplares consultados da edição de 1870, é difícil distinguir se se trata de ponto ou vírgula.

       C. Foi inserido o ponto de exclamação.

p. 167   A. Essa construção com "vás", hoje pouco usual, é frequente nos escritos de Machado de Assis e por esse motivo foi mantida nos textos em versos.

p. 172   A. Na edição de 1870, "alguma".

p. 175   A. Na edição de 1870, "és".

p. 178   A. Na edição de 1870, "lar".

Sugestões de leitura

ARARIPE JÚNIOR, Tristão de Alencar. "*Falenas*: Versos de Machado de Assis". In: _____. *Obra crítica*. Rio de Janeiro: Ministério da Educação e Cultura; Casa de Rui Barbosa, 1970, v. V, pp. 218-24.

BANDEIRA, Manuel. "Machado de Assis, poeta". In: _____. *Crônicas inéditas 2*. São Paulo: Cosac Naify, 2009, pp. 210-5. (Publicado originalmente em: *Revista do Brasil*, Rio de Janeiro, ano II, n. 12, jun. 1939).

_____. *Apresentação da poesia brasileira: Seguida de uma antologia* [1954]. Posf. de Otto Maria Carpeaux. São Paulo: Cosac Naify, 2009.

CURVELLO, Mario. "Falsete à poesia de Machado de Assis". In: BOSI, Alfredo et al. (Orgs.). *Machado de Assis*. São Paulo: Ática, 1982, pp. 477-96.

GUIMARÃES JÚNIOR, Luís. "Literatura: Estudos literários". *Diário do Rio de Janeiro*, Rio de Janeiro, 5 fev. 1870 (apud MACHADO, Ubiratan (Org.). *Machado de Assis: Roteiro da consagração (crítica em vida do autor)*. Rio de Janeiro: EdUERJ, 2003, pp. 73-7).

HOUAISS, Antonio. "Machado de Assis e seus versos". In: _____. *Estudos vários sobre palavras, livros, autores*. Rio de Janeiro: Paz e Terra, 1979, pp. 201-4.

ISHIMATSU, Lorie Chieko. *The Poetry of Machado de Assis*. Valencia; Chapel Hilll: Albatros, 1984. (Albatros Hispanófila, 31).

KNOWLTON JR., Edgar Colby. "Machado de Assis e a sua *Lira chinesa*". *Revista de Cultura*, Macau, II série, n. 22, pp. 81-94, jan./mar. 1995.

LEAL, Cláudio Murilo. *O círculo virtuoso: A poesia de Machado de Assis*. Brasília: Ludens, 2008.

MASSA, Jean-Michel. *A juventude de Machado de Assis, 1839-1870: Ensaio de biografia intelectual*. 2. ed. São Paulo: Ed. Unesp, 2009.

MIASSO, Audrey Ludmilla do Nascimento. *Epígrafes e diálogos na poesia de Machado de Assis*. São Carlos: EdUFSCar, 2017.

MIRANDA, José Américo. "Machado de Assis, 'Uma ode de Anacreonte'". *Machadiana Eletrônica*, Vitória, v. 5, n. 9, pp. 163-98, jan./jun. 2022.

OLIVER, Élide Valarini. "A poesia de Machado de Assis no século XXI: Revisita, revisão". In: _____. *Variações sob a mesma luz: Machado de Assis repensado*. São Paulo: Nankin; Edusp, 2012, pp. 245-95.

ROMERO, Sílvio. "A poesia das *Falenas*". *Crença*, Recife, 30 maio 1870 (apud ROMERO, Sílvio. *História da literatura brasileira*. 2. ed. Rio de Janeiro: Garnier, 1903, v. 2, p. 466, nota).

SANDMANN, Marcelo. "Presença camoniana na poesia de Machado de Assis: *Crisálidas* (1864), *Falenas* (1870) e *Americanas* (1875)". *Crítica Cultural*, Santa Catarina, v. 3, n. 1, jan./jul. 2008.

SANTIAGO, Silviano. "Jano, janeiro". *Teresa: Revista de Literatura Brasileira*, São Paulo, USP; Ed. 34; Imprensa Oficial, n. 6/7, pp. 429-52, 2006.

TEIXEIRA, Ivan. "*Falenas*: Primeiros indícios do grande Machado". In: _____. *Apresentação de Machado de Assis*. São Paulo: Martins Fontes, 1987, pp. 175-7. (Coleção Universidade Hoje).

Índice de poemas

Falenas 23
Vária 27
Prelúdio 29
Ruínas 31
Musa dos olhos verdes 33
La marchesa de Miramar 35
Sombras 40
Quando ela fala 42
Visão 43
Manhã de inverno 46
Ite missa est 48
Flor da mocidade 50
Noivado 51
Menina e moça 53
A Elvira 55
Lágrimas de cera 57
No espaço 59
Os deuses da Grécia 63
Livros e flores 69
Pássaros 70
Cegonhas e rodovalhos 72
A um legista 76
O verme 79
Estâncias a Ema 80
Un vieux pays 88
A morte de Ofélia 90
Luz entre sombras 92

Lira chinesa 93
    I. Coração triste falando ao sol . 95
    II. A folha do salgueiro 96
    III. O poeta a rir 97
    IV. A uma mulher 98
    V. O imperador 99
    VI. O leque 100
    VII. As flores e os pinheiros . . 101
    VIII. Reflexos 102
Uma ode de Anacreonte 103
Pálida Elvira 141
Notas da edição de 1870 185

FUNDAÇÃO ITAÚ

PRESIDENTE DO
CONSELHO CURADOR
Alfredo Setubal

PRESIDENTE
Eduardo Saron

ITAÚ CULTURAL

SUPERINTENDENTE
Jader Rosa

NÚCLEO CURADORIAS E
PROGRAMAÇÃO ARTÍSTICA

GERÊNCIA
Galiana Brasil

COORDENAÇÃO
Andréia Schinasi

PRODUÇÃO-EXECUTIVA
Roberta Roque

AGRADECIMENTO
Claudiney Ferreira

TODAVIA

TRANSCRIÇÃO DE TEXTO
Audrey Ludmilla do
Nascimento Miasso

COTEJO E REVISÃO TÉCNICA
Audrey Ludmilla do
Nascimento Miasso

LEITURA CRÍTICA
Luciana Antonini Schoeps

CONSULTORIA
Paulo Dutra

ASSISTÊNCIA EDITORIAL
Gabrielly Alice da Silva
Karina Okamoto
Mario Santin Frugiuele

PREPARAÇÃO
Erika Nogueira Vieira

REVISÃO
Jane Pessoa
Huendel Viana

PRODUÇÃO EDITORIAL E GRÁFICA
Aline Valli

PROJETO GRÁFICO
Daniel Trench

COMPOSIÇÃO
Estúdio Arquivo
Hannah Uesugi

REPRODUÇÃO DA PÁGINA DE ROSTO
Nino Andrés

TRATAMENTO DE IMAGENS
Carlos Mesquita

© Todavia, 2023
© *organização e apresentação*,
Hélio de Seixas Guimarães, 2023

Todos os direitos desta edição
reservados à Todavia.

Este volume faz parte da coleção
Todos os livros de Machado de Assis.

Dados Internacionais de Catalogação
na Publicação (CIP)

Assis, Machado de (1839-1908)
Falenas / Machado de Assis ; organização e
apresentação Hélio de Seixas Guimarães. — 2. ed.
— São Paulo : Todavia, 2024. (Todos os livros de
Machado de Assis).

Ano da primeira edição original: 1870
ISBN 978-65-5692-626-1
ISBN da coleção 978-65-5692-697-1

1. Literatura brasileira. 2. Poesia. I. Assis,
Machado de. II. Guimarães, Hélio de Seixas. III. Título.

CDD B869.1

Índice para catálogo sistemático:
1. Literatura brasileira : Poesia B869.1

Bruna Heller — Bibliotecária — CRB 10/2348

todavia

Rua Luís Anhaia, 44
05433.020 São Paulo SP
T. 55 11. 3094 0500
www.todavialivros.com.br

ooooooooooooooooooooooooooooooooooo

As edições de base que deram origem aos 26 volumes da coleção Todos os livros de Machado de Assis oferecem um panorama tipográfico exuberante, como atestam as páginas de rosto incluídas no início de cada obra. Por meio delas, vemos as famílias tipográficas em voga nas oficinas de Paris e do Rio de Janeiro, no momento em que Machado de Assis publicava seus livros. Inspirado por esse conjunto de referências, o designer de tipos Marconi Lima desenvolveu a Machado Serifada, fonte utilizada na composição desta coleção. Impresso em papel Avena pela Forma Certa.